해상화열전

해상화열전 3 (큰글씨책)

초판 1쇄 발행 2019년 7월 22일

지은이 한방경
옮긴이 김영옥
펴낸이 강수걸
편집장 권경옥
펴낸곳 산지니
등록 2005년 2월 7일 제 333-3370000251002005000001호
주소 부산광역시 해운대구 수영강변대로 140 BCC 613호
전화 051-504-7070 | 팩스 051-507-7543
홈페이지 www.sanzinibook.com
전자우편 sanzini@sanzinibook.com
블로그 sanzinibook.tistory.com

ISBN 978-89-6545-615-5 04820
978-89-6545-612-4 (세트)

* 책값은 뒤표지에 있습니다.
* 이 도서의 국립중앙도서관 출판예정도서목록(CIP)은 서지정보유통지원시스템 홈페이지(http://seoji.nl.go.kr)와 국가자료공동목록시스템(http://www.nl.go.kr/kolisnet)에서 이용하실 수 있습니다.(CIP제어번호: CIP2019026933)

해상화열전

海上花列傳

3

큰글씨책

한방경 지음 · 김영옥 옮김

산지니

일러두기

1. 이 번역은 한방경(韓邦慶) 저, 『해상화열전(海上花列傳)』[北京: 人民文學出版社, 1999]을 완역한 것이다.
2. 아울러 장아이링(張愛玲) 주역본 『海上花開』, 『海上花落』[哈爾濱: 哈爾濱出版社, 2003], 영어 번역본 Ailing Zhang, Eileen Chang, Eva Hung 역, 『The Sing-Song Girls of Shanghai』[New York: Columbia Univ Press, 2005], 일본어 번역본 太田辰夫 역, 『海上花列傳』[東京: 平凡社, 1969]을 참고하였다.
3. 소설에 등장하는 인명과 지명 등은 모두 한글 한자음을 표기하였다. 다만 해제에서는 1911년 신해혁명을 기준으로 이후 생존 인물은 국립국어원 중국어 표기법에 따랐다.
4. 책의 서두에 한방경의 자서를, 말미에는 후기를 부록으로 붙여 독자들의 이해를 돕고자 했다.
5. 본문 중 각 회마다 사용된 삽화는 장아이링 주역본 『海上花開』, 『海上花落』[北京: 北京出版社, 2010]과 1894년 석인초간 영인본 『海上花列傳』(『古本小說集成』, 上海古籍出版社, 1994)에 실린 공개된 삽화를 다듬어 사용하였다.
6. 책 제목은 『 』, 시는 「 」, 희곡, 노래 제목 등은 〈 〉로 표시하였다.
7. 장아이링 주역본과 영어 번역본에 빠져 있는 시, 문장 등은 저본에 따라 충실히 빠짐없이 번역하였다. 특히 장아이링 주역본, 영어 번역본뿐 아니라 저본에도 빠져 있는 제51회 「예사외편(穢史外編)」은 『해상화열전 하』[湖南: 岳麓出版社, 2005]에 실린 원문에 따라 독자의 이해와 원전의 의미를 살려 모두 번역하였다.
8. 주석은 저본의 주석과 기타 문헌을 참조여 각 회의 말미에 실었다. 장아이링 주역본의 주석은 [장]으로 표기하고 일본어 번역본의 주석은 [일]이라고 표기하였다. 역자 주석은 따로 구별해 밝히지 않았다.
9. 본문에서 처음 나오는 인명, 지명, 특징적 사물에는 한자를 병기하였다. 그리고 시(詩), 사(詞), 곡(曲) 등 문학작품과 성어(成語), 역자 주 내용, 동음이의어 등에도 필요하다고 판단되는 부분에 역시 한자를 병기하였다.

해상화열전 참고지도

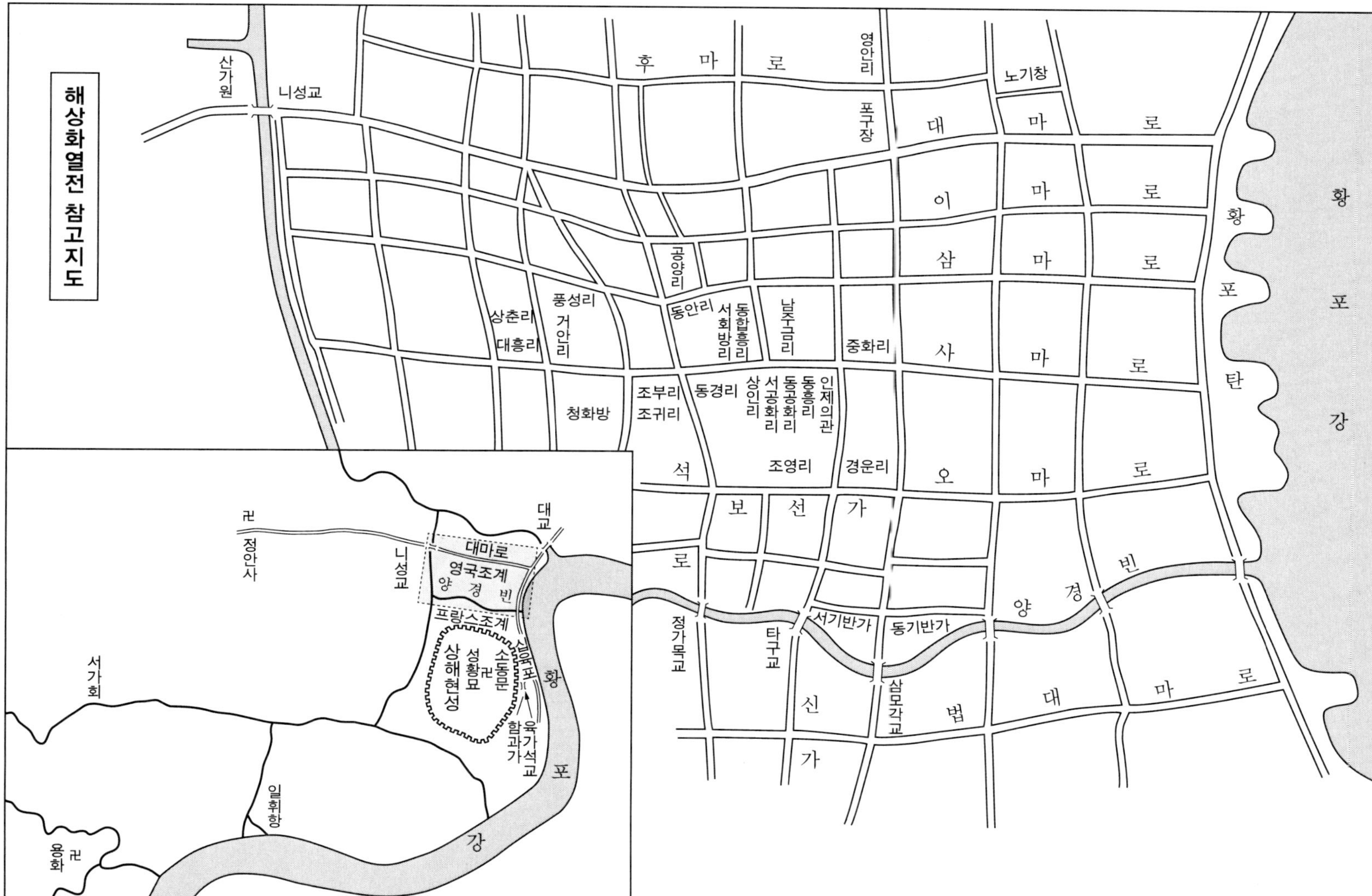

해상화열전 참고지도
산가원
니성교
후 마 로
영안리
노기창
포구장
대 마 로
이 마 로
삼 마 로
사 마 로
오 마 로
공양리
동안리
서회방리
동합흥리
남주금리
중화리
풍성리
상춘리
거안리
대흥리
청화방
조부리
조귀리
동경리
상인리
서공화리
동공화리
동흥리
인제의관
조영리
경운리
석 로
보 선 가
양 경 빈
정가목교
타구교
서기반가
동기반가
삼모각교
신 가
법 대 마 로
황 포 탄
황 포 강
정안사
니성교
대교
대마로
영국조계
양 경 빈
프랑스조계
소동문
성황묘
상해현성
십육포
육가석교
함과가
서가회
일휘항
용화
황 포 강

차례

22

돈을 빌려 속량하겠다고 처음으로 의논하여 정하고, 물건을 사는 일로 입씨름하다 일찌감치 감정이 상하다

借洋錢贖身初定議 買物事賭嘴早傷和

황취봉은 급히 저녁을 끝내고 소아보에게 세숫물을 가져오라고 해서 거울 앞에서 얼굴을 닦고 나갈 채비를 했다. 나자부가 물었다.

"후마로? 어디야?"

"전공관인데, 노름꾼들이에요. 가면 내가 대신 해야 하는데, 다른 곳에서 부르지 않는 한 계속 있어야지 보내주질 않아요. 두세 시간을 앉아 있어봐요, 얼마나 짜증이 나는지."

"짜증나면 사양하고 가지 마."

"불렀는데, 어떻게 안 가요? 우리 엄마가 한 소리 할 텐데."

"네 엄마가 왜 한 소리를 해?"

"엄마가 왜 못해요? 내가 지금까지 잘못한 게 없으니까 가만있었지, 조금이라도 잘못해봐요. 우리 엄마가 가만있었겠어요!"

그때, 조가모가 의상을 꺼내 왔다. 취봉은 옷을 갈아입으면서 자부에게 당부했다.

"여기 계세요. 금방 돌아올 테니까요."

또 금봉에게도 당부를 했다.

"못 가시게 해."

소아보에게 주봉도 불러와서 시중들라고 하였다. 조가모는 비파와 물담뱃대를 들고 앞장서고, 취봉은 뒤를 따라 나갔다. 아래층으로 내려가 가마에 올라타고 후마로 전공관으로 갔다. 응접실은 불빛이 휘황찬란했고 화권소리로 시끌벅적했다. 취봉은 술자리라고 생각했으나 양류당, 여걸신, 도운보와 술자리 주인 전자강(錢子剛) 넷만 있는 걸 보고서야 마작을 시작하기 전에 가볍게 저녁을 먹는 자리라는 것을 알게 되었다. 양류당은 황취봉을 보자마자 큰 소리로 떠들었다.

"마침 잘 왔어! 술 마셔!"

양류당은 곧바로 계항배를 들고 취봉의 입술에 갖다 댔다. 취봉은 머리를 돌리며 사양했다.

"안 마셔요."

양류당은 그래도 계속 치근덕거렸다. 취봉은 개의치 않고 벽에 있는 교의에 앉았다. 전자강은 얼른 일어나 양류당에게 말했다.

"이 술은 내가 마실 테니, 화권이나 하게."

그리고 그 술잔을 받았다. 양류당은 자리로 돌아가 여걸신과 화권을 했다. 전자강은 잔을 들고 황취봉에게 말했다.

"우리 넷이 내기를 하다가 내가 열 번을 연달아 져서 여덟 잔을 마시고 아직 두 잔이 남았어. 마실 수 있겠어? 한 잔만 대신 마셔줘. 어때?"

취봉은 그 말을 듣고 잔을 받아 한번에 다 마시고 잔을 돌려주면서 말했다.

"나머지 한 잔도 가져와요."

"나머지는 조가모가 대신 마셔."

조가모는 탁자 위에 놓인 술잔을 가져다 마셨다. 도운보는 양류당을 부추기며 말했다.

"자네가 바보야! 똑같은 한 잔인데, 전 나리가 대신 마시라고 하니까, 자네도 봐, 얼마나 빨리 마시는지."

황취봉이 말했다.

"말씀은 참 잘하셔요. 술 마시는 걸 가지고도 이렇게 말이 많으시니. 양 나리와 전 나리 모두 당신 친구인데, 나리는 양 나리 편만 들어 훈계를 하시는 게 꼭 전 나리를 훈계하는 것 같네요. 어쨌든 나리가 무슨 말씀을 하시든 저와는 상관없어요."

여걸신이 말했다.

"지금은 내가 졌으니 대신 한 잔만 마셔줘. 그러면 자네에게 아무 말 하지 않을게."

취봉이 말했다.

"여 나리, 더는 대신 마시지 않아요. 지금 도 나리의 훈계를 듣고는 절대 대신 못 마시죠."

양류당은 여걸신을 재촉했다.

"빨리 마셔, 어서 마작 해야지."

황취봉이 물었다.

"벌써 시작하시려고요?"

전자강이 말했다.

"네 번 하고, 아직 네 번 남았어."

여걸신은 술잔을 비우고 도운보를 가리켰다.

"자네 차례야."

도운보는 양류당과 화권을 시작했다. 황취봉은 또 대신 마시라고 할까 봐 분위기를 맞추는 체하며 왼쪽 곁방 서재로 피했다. 서재의 가운데에는 책상 몇 개가 여기 저기 놓여 있고, 산가지와 마작들이 한데 널려 있었다. 양초 네 개는 이미 꺼졌으나 창가 쪽 탑상 위에 있는 연등이 밝아서 탑상 아래쪽에 편한 자세로 앉았다. 잠시 후, 전자강도 서재로 와서 탑상 위쪽에 누워 아편을 피웠다. 취봉이 물었다.

"우리 엄마가 돈 빌리지 않았어요?"

"아니. 전날 밤에 이런저런 이야기를 하긴 했지. 지금 지출은 많고 쓸 돈은 없고, 수지가 맞지 않아 아무래도 나에게 돈을 빌려야 할 것 같다고 하더군. 그런데 뒤에 다른 이야기를 하는 바람에 더 이상 하지 않고 넘어갔어."

"우리 엄마 속은 음흉하니까 당신 조심해야 해요. 당신이 지난번에 팔찌 해줬잖아요. 엄마 말이 '전 나리는 하는 일도 없는데, 어떻게 돈이 이렇게 많은지 모르겠어.' 하기에, '손님 돈을 엄마가 왜 상관해요.'라고 말해줬죠. 그러니까 엄마가 '난 쓸 돈이 없어, 돈들이 다 어디로 가는지 모르겠어.' 그러잖아요. 정말 어이없고 화가 나서 더 이상 할 말이 없었어요. 이런 말들이 무슨 의미인지 생각해봐요."

"네 엄마에게 돈 빌려주는 걸 조심하라는 건가?"

"엄마가 돈을 빌려달라고 하면 절대 빌려주면 안 돼요. 또 내게 아무것도 사주지 말아요. 당신이 지금 나에게 사주면 며칠 못 가 엄마 것이 돼버려요. 그래도 엄마는 전혀 고마운 줄 몰라요. 오히려 당신이 돈을 많이 쌓아둔 줄 알고 두 눈에 핏발을 세우고 눈독 들일 거예요. 그러니까 사주지 않아도 괜찮아요."

"그래도 네 엄마는 너한테는 잘해줬잖아. 요즘 네 엄마가 무슨 꿍꿍이가 있어서 너를 의심하는 것 아니냐?"

"맞아요. 요즘 엄마가 날 힘들게 할 속셈이긴 해요. 지난 달 말에 어떤 손님이 떠나갈 때 백 원을 지불했었죠. 엄마는 돈만 생겼다 하면 십 원이고 이십 원이고 모두 애인에게 빌려줘 버렸어요. 오늘 바느질삯을 지불해야 하는데 돈이 없다며 나에게 돈을 내놓으라고 하잖아요. 그래서 '내가 돈이 어디 있어요? 의상은 엄마가 당연히 해줘야 하는 거잖아요. 오늘 바느질삯 줘야 하는 걸 뻔히 알면서 왜 애인한테 빌려줬어요?'라고 한바탕 따졌더니 엄마는 놀라서 한마디도 뻥끗하지 못하더군요."

"그러면 오늘 한 푼도 안 줬어?"

"처음이니까 엄마 체면을 봐서 나 씨에게서 십 원을 빌려 줬죠. 엄마 본심은 나 씨 돈을 빌리는 데 있는 게 아니에요. 나보고 당신에게 돈을 빌리라는 거죠. 그것도 아주 많이 빌려야 만족할걸요."

"네 엄마는 나에게 돈을 빌리지 못하면 만족을 못하겠네? 나에게 빌리려고 하면 나로서도 거절하기 힘들 텐데."

"당신은 빌려주지 않아도 괜찮아요. 왜 엄마에게 꼭 돈을 빌려줘야 해요? 그냥 '내가 지금까지 일이 없어서 돈이 없다'고만 하세요. 그 정도만 해도 체면은 세워주는 거죠. 명절에 술자리 만들고 그 횟수만큼 돈을 지불해서 장부를 깨끗하게 정리해주면 돼요. 그러면 엄마가 당신에게 뭐라 그러겠어요?"

"그래도 엄마가 원망할 텐데. 내 생각에 말이야, 돈을 빌려달라고 하면 조금만 빌려주는 거야, 아주 조금 말이야. 명절 두어 번 보내고 자네가 속신할 때까지만 지내보는 건 어때?"

"싫어요! 엄마와 무슨 말을 했기에 돈을 빌려주려고 해요? 당신, 정말로 돈이 많아요? 그러면 내가 속신할 때까지 기다렸다가 나에게 빌려줘요."

"조만간 속신할 생각이냐?"

취봉이 황급히 손을 저으며 더 이상 말을 못하게 했다. 그리고 고개를 돌려 바깥을 흘깃 쳐다보았다. 마침 사람 그림자 하나가 푸른 비단 병풍에 일렁였다. 황취봉은 다급하게 물었다.

"누구세요?"

박장대소하며 한 사람이 나왔다. 다름 아닌 여걸신이었다. 전자강은 담뱃대를 내려놓고 일어나 앉으며 웃었다.

"자네 때문에 놀랐어!"

"내가 현장을 잡았네! 자네 두 사람은 체면도 없는가, 몰래 만나려면 우리 같은 손님들이 다 가고 나서 느긋하게 시작해도 되는데, 어떻게 잠시도 못 기다리나."

황취봉이 한마디 쏘아붙였다.

"개 주둥아리에서 상아가 나오겠어요!"

여걸신이 또 대꾸하려고 하자 전자강은 그를 끌고 응접실로 돌아갔다. 양류당이 말했다.

"난 화권에 져도 대신 마셔주는 사람도 없는데 자네는 재미까지 보고 있었단 말인가."

도운보가 전자강에게 말했다.

"지금 실컷 재미 보고 있게나. 조금 있으면 마작에서 많이 잃을 거니까."

전자강은 별다른 변명은 하지 않고 술내기 화권이 어떻게

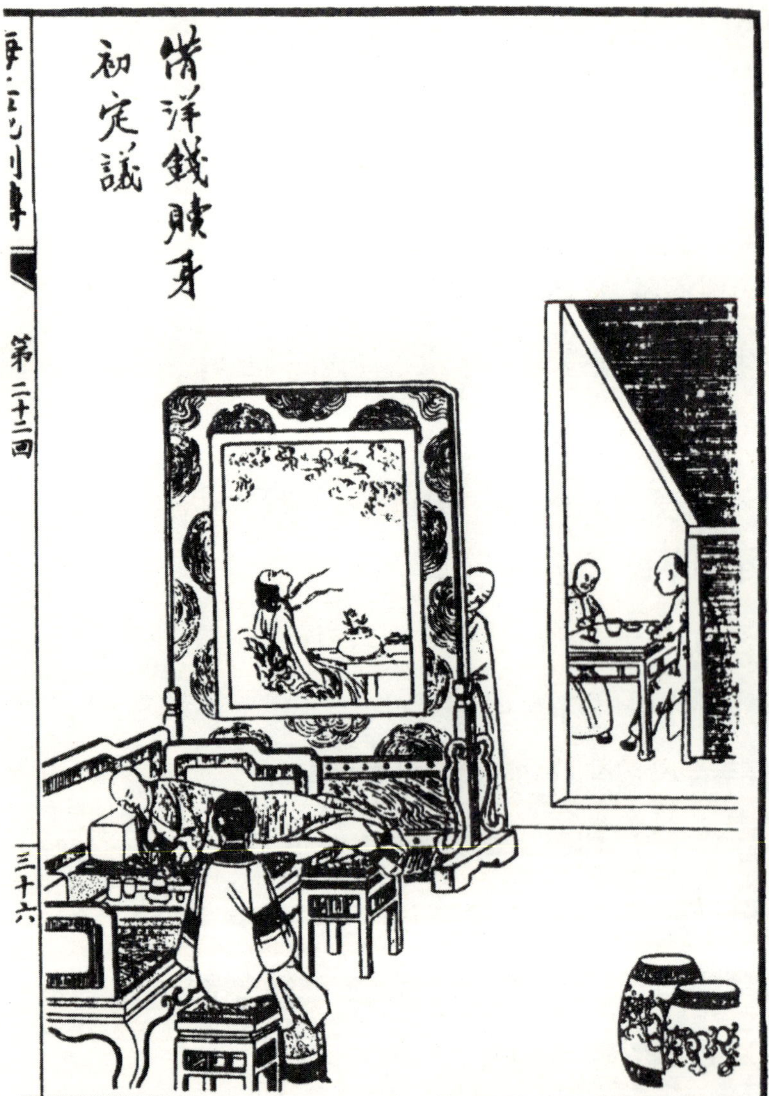
借洋錢贖身
初定議
第二十二回
三十六

되었는지를 물었다. 네 사람은 다시 한 잔씩 마시고 저녁을 들기 시작했다. 저녁을 먹은 뒤 모두 서재로 와서 불을 켜고 마작을 했다.

전자강은 아편을 충분히 즐기려고 황취봉에게 대신 하라고 했다. 취봉은 두 판이 도는 동안 돈을 많이 따게 되어 점점 흥이 났다. 그러자 조가모를 불러 귀에 대고 소곤거렸다. 조가모는 곧 집으로 돌아가 이 층으로 올라가서 나자부를 찾았다. 그런데 나자부는 방에 없었다. 황주봉만 머리를 탁자에 처박고 꾸벅꾸벅 졸고 있었다. 조가모는 주봉의 귀를 잡아당기며 물었다.

"나 나리는?"

어안이 벙벙한 주봉은 대답을 못했다. 조가모가 여러 번 묻고 나서야 말했다.

"나리는 가셨어요."

"어디로 가셨어?"

"모르겠어요."

조가모는 화가 치밀어 올라 손가락으로 주봉의 태양혈을 찌르고 아래층 작은 방으로 가서 황이저에게 물었다. 황이저가 알려주었다.

"나 나리는 오설향 집으로 초대받아 가셨어. 술자리에 가야 하니까 어서 가서 큰선생에게 빨리 돌아오라고 해."

"그러면 있다가 나 나리가 보내는 국표가 오면 가지고 가야겠어요. 지금은 선생도 돌아오고 싶지 않을 겁니다."

황이저가 그렇게 하라고 했다. 한참 지나 나자부의 국표가 왔다. 정말로 동합흥리 오설향의 집으로 오라는 것이었다.

조가모는 국표를 가지고 다시 후마로 전공관으로 갔다. 문을 들어서서 왼쪽 방 서재를 보니 불빛 하나 없이 깜깜했다. 마작은 이미 끝났고, 손님들도 떠나갔다는 것을 알 수 있었다. 그래서 바로 돌아서서 오른쪽 곁방 내실로 들어갔다. 전자강의 아내가 있었다. 조가모는 마지못해 '마님' 하고 인사를 했다. 그 마님은 오히려 눈웃음을 지으며 말했다.

"선생 마중하러 왔어? 선생은 이 층에 있는데, 자네가 조금 기다려야겠네."

조가모는 하는 수 없이 앉아 다른 곳으로 가야 한다고 천천히 말을 꺼냈다.

"다른 곳에서 부르면 일찍 가야지, 늦으면 안 되지. 계단 아래쪽에서 한번 불러보게."

조가모는 급히 뒤쪽으로 가서 고개를 들고 '큰선생님' 하고 불렀다. 그러나 이 층에서는 아무런 대답이 없었다. 그래서 연달아 두어 번 더 불렀다.

"다른 자리로 가야 합니다."

여전히 숨소리조차 들리지 않을 정도로 조용했다. 마님이 말렸다.

"그만하게, 선생이 들었을 거야."

조가모는 별 수 없어 앞쪽 곁방으로 가서 마님과 마주 앉아 한담을 나누었다. 잠시 후 황취봉의 발자국 소리가 들렸다. 조가모는 황급히 비파와 물담뱃대를 들고 앞으로 가서 맞이했다. 취봉은 만면에 노기를 띠고 말했다.

"뭐가 바빠서 떠들썩하게 소리를 내고 그래. 깔끔하지 못하게!"

마님이 미소를 띠며 해명해주었다.

"이 사람이 잘못한 건 없네. 국표 때문에 너무 늦으면 안 되니까, 조금 서둘라고 부른 거였네."

취봉은 여러 말 하기 싫어 마님과는 서서 몇 마디 나누고 작별인사를 했다. 마님은 응접실 앞까지 나와 취봉이 가마를 타고 돌아가는 것을 보고 들어갔다. 조가모는 가마 뒤를 따라서 동합흥리 오설향의 집으로 갔다. 취봉의 손을 잡고 술자리에 들자 손님들과 기녀들, 아주머니, 여자 하인들이 일찌감치 와서 틈 하나 없이 자리를 메우고 있었다. 나자부는 뒷자리 화장대에 기대고 있어 비집고 들어갈 수도 없었다. 마침 나자부와 나란히 앉아 있던 왕연생이 부른 기녀 장혜정이 황취봉을 보고는 자기가 앉아 있던 작은 의자를 바로 내주며 불렀다.

"취봉 형님, 여기로 와요."

조가모도 함께 불렀다. 황취봉은 예의 바른 장혜정이 유난히 친밀하게 느껴졌다.

취봉은 혜정의 금구슬 머리장식이 반짝거리는 것을 보고 새로 마련한 것임을 알았다. 손을 잡다가 반지를 보고 말했다.

"지금은 이름 새기는 반지도 유행이 지났죠."

혜정은 취봉 머리에 꽂힌 비취 연밥 모양의 머리장신구를 보고 더 자세히 보고 싶어졌다. 황취봉은 그중 하나를 뽑아 장혜정에게 주었다. 그러자 장혜정이 말했다.

"초록색이 정말 예뻐요."

뜻밖에도 왕연생 아래쪽이 주인 갈중영의 자리였고, 그 뒤에 앉은 오설향이 장혜정의 탄성을 듣고는 고개를 빼고 보며 취봉에게 물었다.

"얼마에 샀어요?"

"팔 원."

오설향도 재빨리 자기 머리에서 하나를 뽑아 비교해보았다. 장혜정은 전체가 초록색인 것을 보고 다시 말했다.

"예뻐요."

오설향은 볼멘소리로 말했다.

"또 '예쁘다'예요! 내 건 한 쌍에 사십 원짜리인데, 겨우 '예쁘다'고만 해요."

황취봉은 그 말을 듣고 오설향에게서 건네받아 한참 살펴보았다.

"그런데 직접 샀어요?"

"손님이 성황묘 차회에서 사 왔어요. 비싸다고는 하지 않았는데 명색이 보석 가게인데 싸기야 하겠어요!"

장혜정이 말했다.

“난 볼 줄 몰라요. 비교해보니까 조금 더 나은 것 같기도 하네요.”

오설향이 말했다.

“비취는 정말이지 품평하기 어렵고, 좀처럼 좋은 것도 찾기 어려워요. 내 연밥 한 쌍은 어떤 것과도 비교가 안 돼요. 사십 원에 이 정도면 됐죠.”

황취봉은 미소만 띠고 연밥 모양 머리장신구를 오설향에게 건네주었다. 장혜정도 황취봉에게 연밥을 돌려주었다. 갈중영은 화권을 하는 중이어서 오설향의 말을 제대로 듣지 못하고 세 번째 화권을 끝내고 나서야 고개를 돌리며 말했다.

“무슨 물건이기에 사십 원이야?”

오설향은 갈중영에게 연밥을 건네주었다. 갈중영이 말했다.

“너 속았어, 이게 어떻게 사십 원이나 해! 십 원에도 살 수 있겠어.”

“당신이 뭘 알아요! 자기는 볼 줄도 모르면서 깎아내리고 있어요. 그럼 십 원에 사 와봐요!”

나자부가 말했다.

“가져와봐, 내가 한 번 보지.”

그리고 잽싸게 연밥을 낚아챘다. 황취봉이 말했다.

“당신도 물건 볼 줄 모르면서 보긴 뭘 본다고 그래요?”

나자부가 껄껄 웃으며 말했다.

"정말 난 물건을 못 봐!"

그리고 곧바로 왕연생에게 연밥을 주었다. 연생이 장혜정에게 말했다.

"네 머리에 있는 것보다 좋긴 하네!"

장혜정이 말했다.

"당연하죠, 어떻게 제 것과 비교해요."

오설향이 끼어들었다.

"자기도 있으면서, 나에게 보여줘 봐요."

"내 건 좋은 게 아니에요. 다시 하나 사려고요."

장혜정은 말을 하면서 하나를 뽑아 오설향에게 주었다. 설향이 물었다.

"얼마짜리예요?"

장혜정이 웃으며 말했다.

"형님 비취 연밥 가격으로 열 쌍은 살 수 있어요."

"사 원으로는 살 만한 게 아예 없어요. 다시 사면 좀 더 비싼 걸 해요. 값이 나가는 게 물건도 좋아요."

장혜정은 웃으며 왕연생의 손에서 연밥을 가져와 오설향에게 다시 돌려주었다.

그때 나자부가 선을 잡았다. '오괴', '대수'라며 봄날 천둥소리가 귀에 진동하듯 우렁차서 오설향의 연밥 품평은 끊겨 버렸다.

이 자리에 모여 앉은 이들은 나자부와 왕연생을 제외하고는 모두 전장(錢莊) 친구였다. 갈중영이 오설향과 사랑 놀음에 빠져서 술에 뜻이 없다는 것을 알고 다른 사람들은 억지로 맞장구를 치며 즐기려고 했지만 양껏 놀지는 못했다. 나자부의 판을 끝으로 모두들 흩어져 자리를 떠났다.

오설향은 손님들이 모두 떠나기를 기다렸다가 다시 갈중영에게 따지기 시작했다.

"내가 말하면 당신은 당연히 내 편을 들어야죠. 그게 가까운 사이잖아요. 그런데 당신은 내 말에 꼬투리를 잡기나 하고, 정말이지 어이가 없어서! 내가 연밥 한 쌍이 사십이라고 하면 정말 사십 원인 거예요. 당신을 속이는 게 아니라고요. 당신, 못 믿겠다면 소매저에게 물어봐요. 당신은 그때 조마조마했었죠? 혹시 내가 사십 원을 달라고 할까 봐. 그러니까 말 떨어지기가 무섭게 얼른 십 원, 십 원 한 거잖아요. 그 십 원으로 나에게 뭐라도 사다 주기나 했어요? 당신이 사다준 시계 달린 그 백동(白銅) 팔찌 하나, 삼십 원 조금 더 된다고 말하지 않았어요? 그랬으면서 내가 가지고 있는 보석들이 비싼 게 아니라는 거예요? 당신 속으로는 나를 절름발이 기녀쯤으로 알고 있는 모양인데요. 사십 원짜리 연밥을 사주기다 하겠어요? 마지못해 백동 팔찌를 주면서 금팔찌라고 여기고 있는 거 아닌가요?"

두서없이 뱉어내는 말에 중영은 어이없어하면서 웃었다.

"그게 왜 중요한 거야? 사십 원이라고 해도 나와는 상관없

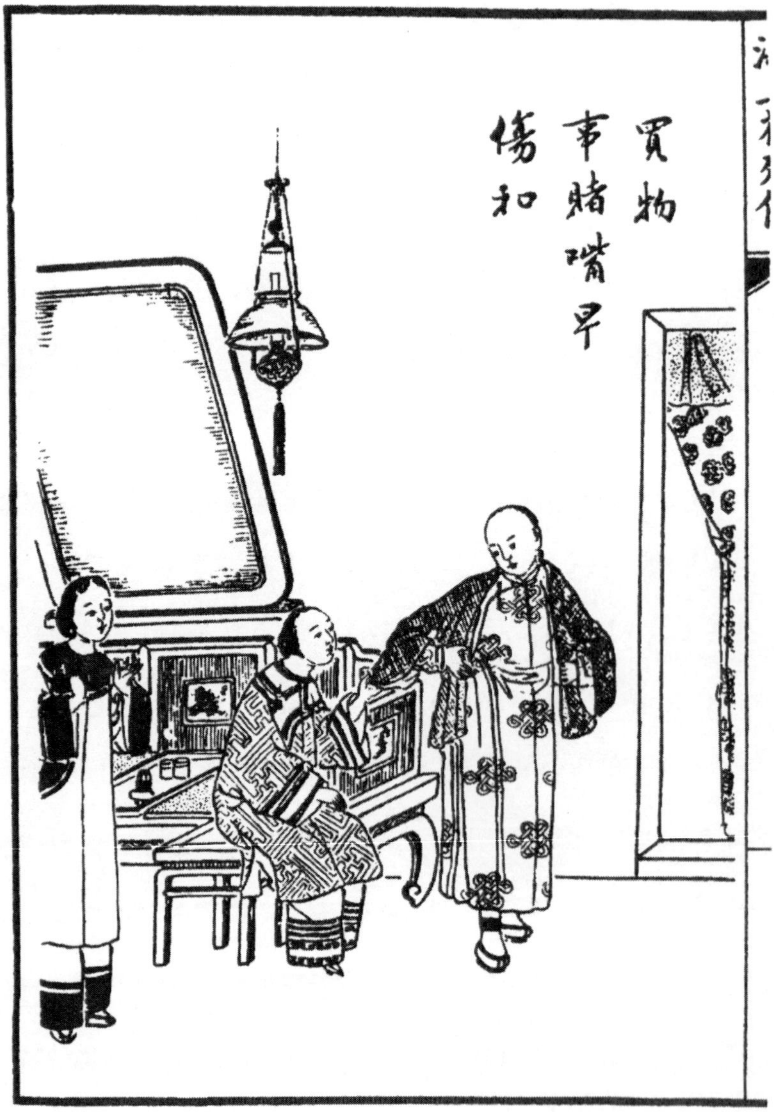
買物
事賭嘴早
傷和

는 일이야."

"그런데 왜 십 원이라고 말했어요? 당신이 십 원이라고 했으니까 당신 말대로 사줘 봐요. 마침 나도 머리장신구를 하나 더 사야 하거든요. 돈은 내가 내줄 테니, 당신이 사다 줘봐요."

중영이 웃으며 말했다.

"그만해, 내가 사다 줄게!"

"당신 그냥 대충 넘어가려 하나본데, 내일 바로 사다 줘야 해요."

"오늘 밤에 사다 줄게, 어때?"

"좋아요, 그렇게 해요."

중영은 마고자를 걸쳤다. 마침 소매저가 방으로 들어오다 놀라며 말했다.

"둘째 도련님, 뭐하세요?"

그녀가 그를 붙잡으려는데, 설향이 눈짓으로 막았다. 중영은 엄지 반지[1]를 끼고 시계를 호주머니에 걸고 나서 합죽선을 들고 설향에게 웃으며 말했다.

"간다!"

설향은 그를 붙잡았다.

"어디 가셔요?"

"물건 사 오라고 했잖아."

"좋아요, 그럼 나도 같이 가요."

그녀는 중영의 손을 잡고 걸었다.

중영은 방문 주렴 앞까지 가다가 멈추어 버티고 섰고, 설향은 안간힘을 다해 문밖으로 밀어내려고 했다. 소매저는 뒤에서 손뼉을 치며 깔깔 웃었다.

"순포에게 잡혀가게 되었네!"

응접실에서 남자 하인이 무슨 일인지 물으러 왔다. 소매저는 그들을 달래기도 하고 으르기도 하면서 방으로 들여보내고 중영의 마고자를 벗겨주었다.

설향은 입을 삐죽거리며 말없이 조용히 한쪽에 앉아 있었다. 중영은 겸연쩍어 웃음만 쪼갰다. 아주머니 역시 깔깔 웃으며 말했다.

"아이 두 명이 같이 있으니 하루 종일 울고 웃고 하네요. 왜 그런지 모르겠네요. 장난이시죠."

"면목이 없네, 괜히 자네 같은 늙은이를 짜증나게 했어."

"네, 정말 짜증나요."

아주머니는 그 말을 하고 나갔다. 중영은 설향에게 바짝 다가가 웃으며 조용히 말했다.

"들었어? 그들에게 웃음거리가 되었어. 아무 일도 아닌 것으로 공연히 소란을 피웠으니, 이게 뭐란 말이냐?"

설향은 그 말에 비웃으며 말했다.

"당신 또 고집 피울 거예요?"

"좋아, 네가 이겼다."

설향은 비로소 처음처럼 얼굴색이 밝아졌다. 중영은 남자 하인이 문 닫는 소리를 듣고 시계를 보니 벌써 한 시를 훌쩍 넘기고 있었다.

"늦었어. 이제 자야겠어."

설향이 물었다.

"죽 드시겠어요?"

"아니."

설향은 소매저를 불러 잠자리를 보게 했다. 소매저는 물을 세숫대야에 붓고, 요와 이불을 깔았다. 잠자리 준비로 한참 분주하게 움직이고 있는데, 바로 그때 갑자기 어린 여자 하나가 대문을 밀고 방으로 뛰어 들어왔다. 소매저에게 '이모' 하고 부르며 달려와 소매로 입을 막고 울었다. 소매저는 위하선의 집에서 일하는 외질녀 아교를 보고, 다급하게 물었다.

"너, 지금 이 시간에 어떻게 왔어?"

아교는 말을 하려는데 순간 말이 나오지 않았다.

---

1 활을 쏠 때 활시위에 손가락이 다치지 않도록 끼우는 가락지로, 금속 또는 옥으로 만들었고, 후에는 단순히 장신구로 사용되었다. 특히 청나라 때에는 남자의 장식품으로서 엄지손가락에 끼었다.

23

외질녀는 뒤에서 험담을 듣고, 부인은 그 자리에서 추태를 부리다

外甥女聽來背後言 家主婆出盡當場醜

오설향의 집에서 일하는 아주머니 소매저는 울먹이는 외조카 아교를 보고 이상해서 물었다.

"무슨 일이야?"

아교가 울면서 말했다.

"거기 안 갈래요!"

소매저는 어리둥절하여 아교를 한참 쳐다보다 물었다.

"누구와 싸웠어?"

아교가 고개를 저으며 말했다.

"아뇨. 아침에 연등 하나를 닦다가 발을 헛디뎌서 유리뚜껑을 깨뜨렸는데, 엄마가 나한테 물어내래요. 그래서 내가 양화점에 가서 하나를 사 왔는데, 좋은 게 아니라고 불평을 하기에 다시 가서 사 오려고 하니까 다른 가게로 가서 더 좋은 걸 사 와야 된다고 하잖아요. 하는 수 없이 다시 사 왔더니 또 마음에 안 든다며, 이번에는 깨진 유리뚜껑을 가지고 가서 원래 모양과 똑같은 걸 사 오라는 거예요. 양화점에서는 이 각을 더 줘야 한다고 하고, 교환도 안 된대요. 내가 그곳에서 하녀로 일하면서 한 달에 겨우 일 원을 받아요. 정월부터 모은 삼 원은 벌써 고향에 부쳐버렸는데, 어떻게 이 각이 있겠어요."

소매저는 그 말을 듣자 오히려 웃음이 나왔다.

"이게 무슨 중요한 일이라고? 이 꼬맹이도 참 융통성이 없구나! 유리뚜껑 가져와 봐, 내일 내가 대신 사다 줄게."

아교는 황급히 말했다.

"이모, 그게 아니에요! 그곳에서 더 이상 일을 못하겠어요! 아침에 일어나자마자 연등 세 개, 물담뱃대 여덟 개를 내가 정리해야 해요. 거기다 방 세 칸을 청소하고, 탁자를 닦고, 타구를 비우고, 온갖 허드렛일은 다 해요. 오후에는 빨래를 하는데 몇 벌이나 되는 옷을 나 혼자 빨아야 하니까, 하루 종일 잠시라도 쉴 틈이 없어요. 가끔씩 손님들이 밤새도록 마작을 하면 잠도 못 자요. 날이 샐 때까지 마작을 한 손님들은 자러 가지만 난 또 방을 치워야 해요."

"여자 하인 두 명 더 있잖아, 그 애들은 뭐 하고 있어?"

"그 두 명은 일을 안 해요. 내가 열두 시에 깨우면 점심 먹고, 그리고 선생 머리 빗겨주고, 그러고 나면 일이 없으니 탑상에 다리나 꼬고 앉아 아편 피우고, 손님이 있으면 손님이랑 농담이나 하면서 히득거리며 그냥 놀아요. 그때 나는 물수건 짜고, 물담배 채우느라 정말 바빠요. 그 애들은 월말에 행하로 어떨 때는 삼사 원씩, 어떨 때는 오륙 원씩을 받는데, 얼마나 좋겠어요. 그런데 나는 동전 하나도 구경하지 못해요!"

아교는 이 말을 하다 말고 또 울음을 터뜨렸다. 소매저는 정색을 하며 말했다.

"어쨌든 돌아가서 네 일을 해야지, 그 애들 본보지 마. 그 애들이 행하를 받는다고 해서 부러워할 필요도 없어. 지금이야 손해를 좀 보겠지만, 머리 손질하는 거 잘만 익혀봐. 안 그러면, 내가 너에게 말했잖아. 시골에서 막 올라와서 혼자 일하는데 기분 나쁘다고 나와버리면 나와서 뭘 할 거야? 또 누가 너를 받아주기나 해?"

아교는 목이 메여 겨우 말을 이어갔다.

"이모는 몰라요! 일만 하면 괜찮죠. 내가 일하고 있으면 그 애들이 장난을 친단 말이에요. 내가 장난을 안 받아주면 기분 나쁘다고 엄마에게 쪼르르 가서 내가 일하기 싫어한다며 일러바치고, 짓궂은 손님이라도 오면 손님과 그 애들이 한통속이 되어 날 놀려대요. 한 손님은 내 손을 잡고, 또 다른 손님은 내 다리를 붙들고, 그 애들은 내 바지를 벗기려고 했다구요."

이 말을 하고 또 흑흑 울었다. 그런데 갈중영과 오설향은 오히려 웃음이 나왔다. 소매저도 웃다가 급히 물었다.

"벗겼어?"

아교가 울며 말했다.

"당연하죠! 선생이 보다 못해 날 빼내어 준 걸요. 엄마는 이런 일을 알아도 어린 애가 징징거린다며 짜증난다고만 해요."

오설향이 말을 받았다.

"손님도 정말 교양이 없구나! 사람들도 참, 여자 하인 바지를 벗기면 재미있나?"

갈중영이 말했다.

"한 달에 일 원이면 아무도 안 하려고 하겠는데. 거기서 일하지 마."

소매저만 가만히 있었다. 방 정리가 끝나자 갈중영과 오설향은 자려고 하는데, 소매저가 아교에게 말했다.

"싫어도 내가 일자리를 찾을 때까지 기다려. 그러니까 지금은 돌아가. 나중에 다시 이야기하자."

"그러면 이모가 일자리 찾아줘야 해요."

"알았으니까 가봐."

아교가 또 물었다.

"연등뚜껑은 물어줄 거예요?"

소매저는 깨진 뚜껑을 두고 가라고 했다.

"내일 내가 사러 가마."

그리고 또다시 당부했다.

"지금부터 조심해서 일해."

아교는 대답을 하고 소매저에게 인사를 하고는 다시 상인리 위하선의 집으로 돌아갔다. 그때 응접실에서는 선권이 한창이어서 도교 도사들이 낙양교(洛陽橋)고사[2]를 강설하고 있고, 하릴없는 사람들이 둘러앉아 구경하며 듣고 있었다. 아교는 개의치 않고 뒤쪽 작은방으로 가서 기생어미 위저(韋姐)에게 다녀온 이야기를 했다.

"연등뚜껑은 양화점에서 못 바꿔준대요. 내일 제 이모가 사다 주시기로 했어요."

"이모한테 갔었어?"

"네."

위저가 화를 냈다.

"이런 작은 일로 이모한테 쪼르르 달려갔단 말이야! 네 이모한테 말하면 안 물어줘도 되는 줄 알아?"

아교는 입도 뻥긋 못하고 위층으로 올라갔다. 위하선의 방에는 두 번째 술손님들이 아직 있었다. 그들은 북신(北信) 전당포 경리 적(翟) 씨와 전당포 점원들로, 한참 떠들썩했다.

아교는 잠깐 쉴 생각에 다시 시중들 방으로 들지 않고 어두운 정자간에 들어가 손을 더듬어가며 탑상을 찾아 누웠다. 그러나 앞쪽 방에서 들려오는 웃음소리에 도무지 잠을 잘 수 없었다. 잠시 후엔 탁자를 끌고 의자를 옮기는 소리, 또 와르르 마작을 쏟아 붓는 소리까지 들렸다. 마작을 하려고 준비하는 모양이었다.

아교가 일어나려고 할 때, 여자 하인 두 명이 방을 나와 남자 하인에게 물수건을 가져오라고 하고 다시 내려와 아교를 찾았다. 위저가 말했다.

"아교는 이 층으로 갔어. 자러 갔을 거야."

그중 한 명이 말했다.

"팔자 좋은 모양이네! 네가 가서 불러와."

그러자 또 다른 한 명이 말했다.

"싫어. 일하기 싫으면 우리가 하지 뭐. 뭐 그렇게 대단한 거라고."

아교는 그 말을 듣고 울컥 화가 치밀었지만 참고 다시 잠을 청했다. 의기소침해졌어도 자기도 모르게 잠이 들었고 해가 중천에 뜨고 나서야 깨어났다. 탑상에서 일어나 앉아 눈을 비비고 귀를 기울였다. 아래층은 조용했다. 선권은 이미 끝났고, 마작을 끝낸 위하선의 방으로 남자 하인이 간단하게 차린 상을 들고 들어가고 손님과 두 명의 여자 하인은 여전히 낄낄거리며 놀고 있었다. 아교는 그들을 피해 주방 부뚜막으로 가서 얼굴을 닦고 먼저 빈방부터 치우기 시작했다.

잠시 후, 소매저가 왔다. 아교는 청소를 하다 말고 조용히 엿들었다. 소매저가 작은 방으로 가서 위저에게 인사를 하고 사 온 연등뚜껑을 건네주며 물었다.

"맞아요?"

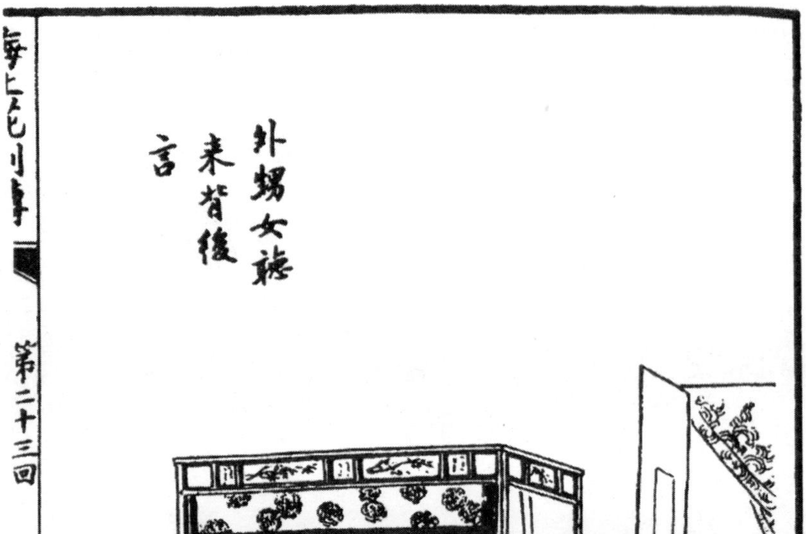
外甥女聽
来背後
言
海上花列傳
第二十三回
四十三

위저는 깔깔 웃으며 말했다.

"어린 애한테 속은 거야. 정말로 사 오면 어떡해! 아교가 조심성이 없어서 주의를 주려고 괜히 한 말인데, 정말로 사 왔네."

위저는 소매저에게 이 각을 주려고 했지만 소매저는 끝까지 받지 않았다. 위저는 하는 수 없이 고맙다는 말을 하고 소매저를 끌어 앉히며 이야기를 나누었다.

"이 애는 일은 잘하는데, 남하고 어울리지를 못해. 기루에서 손님들이 장난을 좀 친 게 뭐 큰일이 났다고, 기분 나쁘다고 그렇게 소란을 피우고 그래."

아교는 이 말에 화가 나서 더 이상 듣고 싶지 않아 빈방으로 돌아가 청소를 했다. 소매저가 위저에게 인사를 하고 문을 나설 때 아교가 재빨리 쫓아와서 '이모' 하고 불렀다. 골목 어귀까지 따라와서야 물었다.

"이모, 다른 집 알아봤어요?"

"뭐가 그리 급해! 다른 집이 있다고 해도 이번 명절은 여기서 지내야지. 지금 당장 어디 가서 찾는다고 해?"

아교는 그래도 여러 번 부탁을 하고 돌아왔다. 소매저가 돌아간 후로 며칠이 지나도 아무 소식이 없었다. 아교도 시간이 없어 오설향의 집으로 가볼 수도 없었다.

삼월 십사 일, 아교는 일찍 일어났다. 응접실에서 물담뱃대를 닦고 있는데 가마 하나가 문 앞에서 멈추더니 한 아주머니가 주렴을 들어올리고 중년으로 보이는 여자의 손을 잡아주었다. 여자의 행동은 우아하면서도 거만했으며 옷차림은 고풍스러웠다. 아교는 어느 집의 대단한 부인인가 보다 생각했다. 부인은 만면에 노기를 띠고 몸을 꼿꼿이 세워 대문으로 성큼 들어서며 큰소리로 물었다.

"여기가 위하선 집이야?"

아교는 그렇다고 대답했다. 그 부인은 더 이상 묻지 않고 아주머니를 데리고 계단으로 올라갔다. 아교는 의아해서 문 앞 가마꾼에게 물어보고서야 바로 요계순의 부인이라는 것을 알게 되었다. 아교는 급히 작은 방으로 뛰어가서 위저에게 알렸다. 위저는 무슨 일인지 몰라 아교와 함께 요 부인 뒤를 따라 이 층 위하선의 방으로 들어갔다.

그때 위하선은 창 쪽을 향해 단정히 앉아 머리를 빗고 있었다. 요 부인은 그녀를 보자마자 언성을 높여 물었다.

"네가 위하선이냐?"

하선은 고개를 들어 보고는 깜짝 놀라며 요 부인을 아래위로 훑어보았다. 그리고 냉랭하게 대답했다.

"내가 위하선인데, 댁은 누구시죠?"

요 부인은 위엄을 갖추고 교의로 가서 앉으며 호통을 쳤다.

"너와는 할 말 없어! 둘째 나리는 어디 계셔? 얼른 불러와!"

하선은 요 부인이 온 이유를 짐작했으면서도 짐짓 냉랭하게 대답했다.

"어느 둘째 나리를 말씀하시는 건지? 그리고 둘째 나리는 당신과 어떤 사이라는 거죠?"

요 부인은 소리를 지르며 하선의 얼굴에 삿대질을 하며 말했다.

"모르는 척하지 마! 둘째 나리는 바로 내 남편이야. 둘째 나리를 잘도 꼬드겼더군! 그래 넌 내가 누구인 줄 알았어?"

요 부인은 눈을 매섭게 부라리며 말을 하는데, 금방이라도 뒤로 쓰러질 것만 같았다.

그 모습을 보니 하선은 자기도 모르게 웃음이 터져 나왔다. 그래도 대답은 하지 않았다. 아교는 간이 콩알만 해져서 얼른 찻잔을 가져와 찻잎을 넣고 남자 하인에게 뜨거운 물을 부으라고 하고는 말했다.

"마님, 차 드셔요."

또 물담뱃대를 가져와서는 물었다.

"마님, 담배 피우시겠어요? 제가 채워드릴게요."

위저도 요 부인을 진정시키려고 거짓말을 늘어놓으며 변명하려고 했다.

"둘째 도련님은 여기에 자주 오지 않으십니다. 오신 지 한참 됐어요. 정말 어렵게 한 번씩 술자리를 가지지만 술은 거의 안 마셔요. 그러니 마님, 다른 사람들이 하는 말을 곧이듣지 마세요."

모두들 덩달아 이말 저말을 하며 해명하고 있는데, 위하선이 소리를 쳤다.

"조용히들 해요! 다들 무슨 쓸데없는 소리야!"

하선은 정색을 하고 카랑카랑한 목소리로 요 부인에게 말했다.

"당신 남편이라면 당연히 당신 집에서 찾아야지. 당신이 언제 우리에게 맡겼다고 지금 여기 와서 당신 남편을 찾는 거죠? 우리 기루에서는 당신 집 사람을 초대한 적이 없는데, 여기 와서 당신 남편을 찾는 게 우습지 않아요! 기루를 열어 장사하고 있으니 들어오는 사람들은 모두 손님이에요. 그 손님이 누구 남편인지 우리가 왜 신경을 써요! 당신 남편이 내 손님이면 안 되는 거예요? 솔직히 말해볼까요? 둘째 도련님이 당신 집에서야 당신 남편이지, 여기에 오면 내 손님일 뿐이에요. 당신이 능력껏 당신 남편을 잘 간수해야지, 왜 기루에 들락거리게 놔둬요? 기루에 와서 또 끌고 갈 생각이라면 상해 조계지 어디에 이런 법이 있는지 한번 물어나 봐요! 둘째 도련님이 안 왔다고 말할 필요도 없지만, 있다고 하면 당신 남편에게 욕하고, 때리기라도 할 건가요! 그건 당신이 당신 남편을 무시하는 격이니 내 상관할 바 아니지만, 만약 내 손님을 무시하면 조심해야 할 거예요! 둘째 도련님이야 당신을 무서워하겠지만, 난 당신 같은 마님을 전혀 모르니까!"

위하선의 말을 들은 요 부인은 말문이 막혀 대답도 못하고, 순간 귓불이 빨갛게 달아오르고 눈물이 왈칵 쏟아지려고 했다. 반박하려고 하는데, 하선이 하는 말을 들어볼 수밖에 없었다.

"부인이면서 이렇게 참을성이 없어서야. 당신도 우리 기루에서 좀 재미를 보겠다는 거예요? 마침 차 마시러 온 손님이 없는 게 안타깝군! 만약 손님이 있었으면, 내가 손님에게 당신과 한번 재미를 보라고 했을 텐데 말이죠. 어디 돌아가 봐요, 얼굴이라도 들 수나 있을까 몰라! 신아문에 고소해봐요. 기루에서 간통이 대수인가 뭘!"

열을 내며 말하고 있는데 아래층에서 남자 하인이 큰 소리로 외쳤다.

"손님 올라가십니다."

"마침 잘 오셨군, 방으로 뫼셔라."

위저는 주렴을 걷어 올려 손님을 맞이했다. 마흔 좀 넘은 손님은 수염이 덥수룩하고 뚱뚱했다. 알고 보니, 북신전당포 경리 적 씨였다. 요 부인은 지레 놀라 새끼 사슴이 이리저리 날뛰는 듯 심장이 콩닥거렸다. 앉지도 못하고 가지도 못하고, 수치스럽고 또 화가 나서 말 한마디도 하지 못했다.

적 씨는 방으로 들어와 자리에 앉지는 않고 서서 요 부인을 아래위로 훑어보았다. 그래도 끝내 누군지 짐작조차 못했다. 하선은 웃으며 적 씨에게 물었다.

"누군지 알아요? 바로 요계순, 둘째 도련님 마누라님이시래요. 오늘 기루에 와서 둘째 도련님 체면을 완전히 무너뜨릴 생각인가 봐요.”

적 씨는 이 말을 듣고 멍해졌다. 위저가 그의 귀에 대고 대충 이야기를 해주자 상황을 이해했다. 적 씨는 미간을 찌푸리며 말했다.

“요 마님께서 잘못 아셨네요! 저도 계순 형님과 여러 차례 자리를 가졌으니 친구인 셈이라고 치고 말하자면, 요 마님 여기에 오시는 건 계순 형님 체면에 좋을 게 없을 것 같아요.”

하선이 말했다.

“좋을 게 없긴요? 아주 훌륭한데요 뭐! 둘째 나리는 사업도 안 되는데, 이런 마누라와 살아가려면 돈을 많이 벌어야 하지 않겠어요!”

경리 적 씨는 그만하라고 손을 저었다. 그리고 요 부인을 달래며 말했다.

“요 마님, 지금은 댁으로 돌아가세요. 할 이야기가 있으면 계순 형님에게 직접 말하라고 하세요.”

요 부인은 어찌할 바를 몰라 숨을 크게 들이키는데 왈칵 눈물이 쏟아지려고 하자 황급히 일어나 아주머니를 데리고 방을 나갔다. 그래도 하선은 냉소를 지으며 말했다.

“요 마님, 또 오세요. 만약 둘째 도련님이 오시면 아주머니를 보내 마님을 청할게요.”

요 부인은 아래층으로 내려가 울음을 참지 못하고 통곡을 하며 욕을 섞어가며 말을 쏟아 뱉었다. 그러나 무슨 말을 하는

家主婆
出盡當場醜

지 알아들을 수 없었다. 그러곤 문 앞에서 가마에 올라타고 돌아갔다. 요 부인이 떠나가자 하선도 치장을 끝마쳤다. 생각할수록 웃음이 나왔다.

"둘째 도련님 체면이 말이 아니야, 오늘부터 사람 노릇 제대로 하겠어! 부인이 기루로 뛰어들어 와서 손님을 끌고 가는 꼴이 창녀와 다를 바 없잖아!"

위저도 한숨을 쉬었다.

"부인이라는 사람이, 뭐가 불만인 거야? 문 열고 들어와서 욕이나 하고, 재수 옴 붙었네!"

하선이 말했다.

"엄마도 그만해요! 엄마가 그 여자한테 욕 들은 건 아니니까, 운이 좋았다고 생각해요!

위저는 살짝 웃고는 나갔다. 적 씨가 물었다.

"네 엄마가 왜 욕을 들어?"

하선이 웃으며 알려주었다.

"우리 엄마는 정말 착한 사람이라니까요! 둘째 도련님이 매일 여기에 왔다고 해도 우리가 말할 필요는 없는데, 우리 엄마는 둘째 도련님이 한동안 여기에 안 왔다고 말하잖아요. 내가 그 여자를 무서워하는 줄 알고 말이죠. 게다가 아교는 더 짜증나게 했어요! 어제는 선권이 있어서 이 층이 손님들로 북적였는데, 찻물 가져오라고 해도 어디로 갔는지 글쎄 손님들 찻잔도 안 가져왔다니까. 그런데 오늘은 둘째 도련님 부인이 오니까 그렇게 시중을 잘 드는 걸 본 적이 없었다니까요! 내가 부르지도 않았는데 먼저 와서 차를 따르고, 물담배까지 채워주면서 마님, 이건 어떻고 저건 어때요 하면서 아부를 하잖아요. 자기가 해야 할 일은 내버려두고 요 부인한테만 아부하는 걸 요 부인이 알았을까 몰라. 정말 볼 만한 아부였는데."

아교는 세숫대야에 하선이 손 씻을 물을 붓다가 그 말을 듣자마자 바로 대꾸를 했다.

"요 마님도 손님이잖아요, 차 대접 하면 안 돼요?"

하선이 적 씨에게 웃으며 말했다.

"들었죠. 정말 짜증나게 한다니까! 요 부인이 손님이면, 내가 그 사람과 사귀어야 해?"

아교가 말했다.

"사귀든 말든 제가 상관할 일은 아니죠. 요 마님과 싸워놓고 저보고 아부했다고 뭐라고 하니까 그렇죠!"

하선은 얼굴을 붉히며 말했다.

"너라는 애는 왜 이렇게 꼬였어! 일하기 싫으면 나가! 요 부인은 네가 아부하는 걸 좋아하겠지!"

아교는 입을 삐죽거리며 아래층으로 내려갔다. 대충 정리를 끝내고 나서 점심을 먹었다. 해가 서쪽으로 기울 즈음 시간을 내어 동합리 오설향의 집으로 소매저를 찾아갔다. 그리고 그간의 일들을 일러주며 울었다.

"일을 안 했다면 야단을 맞아도 되지만, 일을 했는데도 또 야단을 맞아요! 이모는 그래도 며칠 더 참아가며 지내라고 했지만, 더 이상 못 참겠어요!"

소매저가 말했다.

"못 참으면 나와서 어디로 갈 건데?"

"어디라도 가야죠! 돈을 못 받아도 상관없어요!"

소매저는 아무 말도 하지 않고 가만히 있었다. 오설향이 말했다.

"그러면 여기 와서 네 이모 일을 돕고 있다가 다시 다른 집을 알아보는 게 어때?"

"좋죠."

소매저도 그렇게 하라고 했다. 그날 밤 소매저가 위하선의 집으로 가서 월급을 계산하고 이불과 요를 가져왔다. 아교는 오설향의 집에서 하룻밤을 지냈다. 다음 날 아침을 먹고 나자, 오설향이 비취 연밥 머리장신구 한 쌍을 아교에게 주며 맞은편 대각요씨네 집으로 가서 장혜정에게 돌려주라고 했다. 그리고 다시 몇 마디를 덧붙였다.

"비취색이 예쁘고, 내 연밥과 비슷하다고 말이야. 십육 원이면 전혀 비싼 게 아니라는 말도 전해줘."

아교가 장혜정을 만나 그대로 전하자, 장혜정이 아교에게 물었다.

"새로 왔어?"

아교가 사실대로 말하자 장혜정이 말했다.

"우리도 지금 여자 하인 한 명을 더 찾고 있었는데, 선생이 필요 없으면 여기 와서 일 해도 돼."

아교는 아주 좋아했다.

"그러면 정말 좋죠!"

그리고 얼른 돌아가 소매저에게 말하자 그날로 소매저가 직접 아교를 보내주었다. 아교는 바로 장혜정의 집에서 지내게 되었다. 마침 왕연생이 홍선경과 함께 장혜정의 집에서 저녁을 먹고 있었다. 혜정은 비취 연밥모양 머리장신구를 왕연생에게 보여주었다.

"십육 원이면 비싼 거예요?"

홍선경은 십 원 정도로 보인다고 했다. 연생이 말했다.

"이 사람이 십 원이라고 하면 아무리 많아도 십이 원 이상은 안 돼."

혜정은 또 여자 하인 한 명을 더 쓰게 된 이야기도 알려주었다. 연생은 아교의 얼굴이 낯이 익어 물어보고 나서야 위하선의 집에서 몇 번 봤다는 것을 알았다.

저녁을 끝내고 장혜정은 다 태운 아편환 일고여덟 개를 아편 소반에 내려놓았다. 왕연생은 손수건으로 닦은 뒤 탑상에 누웠다. 혜정이 아편담뱃대를 건네주자 연생은 쑥쑥 한 번에 끝까지 피웠다. 혜정은 담뱃대를 받아 들고 대통을 청소하고 다시 아편환을 넣었다. 연생이 혜정에게 물었다.

"비취를 사고 싶으면 홍 나리에게 부탁해 성향묘 차회에 가서 사달라고 하면 좀 더 싸게 살 수 있어."

혜정은 비취 머리장신구 세트를 홍선경에게 부탁했다. 선경은 대답을 하고 작별인사를 나누고 먼저 나와 남시 영창삼점으로 돌아갔다.

---

1 角 : 각이 열 개이면 일 원(元)이다.

2 낙양교는 만안교(萬安橋)라고도 한다. 복건성(福建省) 온주시(温州市)의 낙양강이 바다로 흘러들어가는 곳에 위치하고 있는 석교이다. 중국의 사대 명교 중 하나로 알려져 있다. 이 석교는 북송시기 온주 지부 채양(蔡襄)이 책임지고 7년 만에 완성하였다. 낙양교 고사는 이 석교를 만드는 과정에서 일어난 신비한 이야기에 관한 것이다. 전설에 의하면 진무대제(眞武大帝)가 득도하여 신선이 될 때, 자신의 몸 속 내장을 강에 버렸는데, 이것이 거북 뱀으로 화하여 인간에게 해를 끼쳤다. 한번은 채양의 모친이 채양을 임신하였을 때 배를 타고 그 강을 건너는데, 거센 파도가 갑자기 일더니 거대한 거북 뱀이 그들을 삼키려고 하였다. 그때 채양의 모친은 '함께 배를 타고 있는 사람들이 무사히 생환하기를 기원하며, 만약 복중의 아이가 아들이면 반드시 다리를 만들어 모든 사람들이 다닐 수 있도록 하겠다.'고 염원했다. 그 기도가 끝나자 하늘에서 '채대인이 강을 건너는데, 거북 뱀 너희들이 무례하구나!'라고 소리쳤다. 그러자 거북 뱀은 황급히 도망가버렸다. 이에 채양의 모친은 복중의 아이가 분명 비범한 인물이 될 것이라고 생각하고 학업에 집중하도록 하였고, 동시에 다리를 만들어야 하는 이야기를 계속 해주었다. 이후 채양이 온주지부가 되어 여러 차례 조정에서 낙양강에 다리를 놓는 일에 대해 상소하였고, 드디어 조정에서 지원을 받아 지을 수 있게 되었다. 그러나 가장 중요한 기초석을 놓을 때마다 돌들이 번번이 파도에 휩쓸려버렸다. 그래서 채양이 초초하여 함께 방법을 의논하는데, 부하들에게 '너희들 중에 바다에 들어갈 수 있는 사람이 있느냐?'라고 물었다. '바다에 들어가다'라는 말이 '하득해(下得海)'인데, 부하들 중에 이름이 '하덕해(夏德海)'인 부하가 자기를 부르는 줄 알고 대답했다. 채양은 아주 기뻐하며 바다에 들어

가 동해 용왕을 알현하여 동해의 물을 잠시 빠지게 해달라는 내용이 담긴 문서를 전달하라고 명하였다. 사실 이 하덕해는 수영을 할 줄 몰랐다. 강가에서 걱정만 하다 술을 마시고 취해 잠들어버렸다. 밤에 밀물에 쓸려가 용궁으로 가게 된다. 하덕해는 용왕에게 그 문서를 올리자, 용왕은 고민 끝에 하덕해의 손에 '초(醋)' 자를 써서 보낸다. 채양은 그 글자가 '이십일일유시(二十一日酉時)'를 의미하는 것을 알고, 이날 이 시간에 물이 빠져나가자 기초석을 견고하게 쌓을 수 있었다. 7년 후 드디어 낙양교가 낙성되었고, 900여 년이 지난 지금도 많은 사람들이 이 낙양교를 이용하고 있다.

24

원망을 살 것을 걱정하여 동행하며 서로 감싸고, 스스로 혼이 빠져 길을 잃어도 누가 슬퍼하리

只怕招冤同行相護 自甘落魄失路誰悲

왕연생은 탑상 오른쪽에 앉아 아편을 충분히 피우고 나서 다시 왼쪽으로 옮겨 세 번을 더 피웠다. 아편에 취한 듯 스르르 눈을 감았다. 장혜정은 한 번 피울 양의 아편을 채워 넣고 담뱃대를 입에 물려주며 불을 붙여주었다. 그러나 연생은 손을 내저으며 피우지 않았다. 혜정은 담뱃대를 살짝 내려놓고 앉으려 하였다. 연생은 혜정의 가슴에 손을 얹으며 말했다.

"너도 한 대 피워."

"아뇨. 중독되면 장사는 어떻게 해요"

"설마. 소홍은 계속 피워도 중독되지 않던데."

"소홍이야, 능력도 있고 일도 잘하니까 피워도 괜찮죠. 저도 소홍 같았으면 좋겠어요."

"네 말은 소홍이 일을 잘한다는 건데, 그런데 왜 손님이 없어?"

"당신이 어떻게 소홍에게 손님이 없다는 걸 알아요?"

"지난 달 장부를 봤지. 나를 제외하면 겨우 손님 몇 명이 이삼십 번 부른 정도였어."

"당신 말고도 이삼십 번 나갔다면 잘되는 거죠."

"너는 몰라. 그 정도 해서 소홍이 생활하기에는 부족해. 지출이 많거든. 부모 형제, 그 식구들 죄다 소홍에게만 의지하고 있잖아."

"그 사람들이야 따로 나와 사는데, 지출이 얼마나 되겠어요? 아마 소홍 자신에게 쓰는 돈이 엄청날걸요."

"그럴 리가. 겨우 사흘에 두 어 번 마차 타러 가는 게 고작인데."

"마차 타는 돈이야 많은 거라 할 수 없지요."

"그러면 어디에 돈을 쓴다는 거야?"

"제가 어떻게 알아요."

연생은 더 이상 묻지 않고 직접 아편 소반에 남아 있던 아편환 두 알을 집어 불을 붙이고 피웠다. 빨아 당기자마자 한 번에 금방 다 피웠다. 그리고 한 손으로 탑상 난간을 붙잡고 몸을 일으키며 앉았다. 혜정은 물담배를 피우려는 줄 알고 급히 일어나 물담뱃대를 가져와 탑상 가장자리에서 연생에게 바짝 붙어 기대어 앉아 물담배를 채워 연생에게 주었다. 연생은 두 통을 피우고 나서 다시 물었다.

"네 말은 소홍이 자신한테 쓰는 돈이 많다는 건데, 대체 어디에 쓴다는 건지 말해봐."

혜정은 순간 멍해졌다.

"그냥 한 말이에요. 소홍 자신한테 무슨 돈을 쓴다고 그래요. 괜히 소홍한테 쓸데없는 소리 하지 말아요. 그렇게 했다간 제가 험담한 걸로 알고 또 소홍에게 욕 들어요."

연생이 웃으며 말했다.

"네가 오히려 그렇게 말하니까 내가 소홍에게 일러줘야겠군."

혜정이 큰 소리로 말했다.

"무슨 말을 했다고 그래요? 당신이야말로 소홍과 삼사 년을 사귀어왔는데, 모르는 게 뭐가 있다고 저한테 물어봐요."

연생은 웃다가도 탄식 투로 말했다.

"너야말로 정말 바보야! 소홍은 너에게 온갖 험담을 퍼부었는데, 넌 험담도 안 하고 게다가 아예 소홍을 위해 덮어주려고까지 하고 있구나."

혜정도 탄식하며 말했다.

"덮어주려는 게 아니에요. 당신도 참 집요해요! 소홍에게는 부모형제가 있고, 또 마차도 좀 타야 하니까 씀씀이가 저보다 크다는 거죠."

연생은 냉소를 짓고 더 이상 말하지 않았다. 물담배를 다 피우고 난 후에도 혜정은 여전히 옆에 앉아 연생과 화기애애한 시간을 보냈다. 시계가 열두 시를 알리자 아주머니에게 정리하라고 하고 잠자리에 들었다. 혜정은 잠자리에서 다시 연생을 달래었다.

"소홍의 성질이 사납긴 하죠. 그래도 당신과는 잘 지냈잖아요. 지금 소홍 입장에서 보면 손님이 없는 것과 마찬가지이고, 당신 혼자 소홍 살림을 유지시켜주고 있어요. 소홍이 당신 말고 누구에게 잘하겠어요? 지난번 명원에서 소홍이 당신에게 심하게 대들었던 것도 사실 다른 이유가 아니라 당신이 저와 사귀게 되면 발길을 끊을까 봐 그랬던 거죠. 당신이 발길을 끊어봐요, 얼마나 초조하겠어요! 당신은 소홍과 삼사 년 동안 잘 지내왔고, 또 소홍의 성질도 잘 알고 있으니 좀 내키지 않아도 당신이 적당하게 맞춰주는 게 좋을 것 같아요. 가끔 이상하게 해도 뭐라고 하지 말아요. 당신이 뭐라 해도 소홍은 당신을 탓하지 않겠지만, 제가 당신에게 시킨 줄 알고 또 저랑 원수가 될 수 있어요. 뒤에서 절 욕하는 건 괜찮아요. 술자리에서 마주치기라도 해서 소홍이 체면은 뒷전으로 하고 저에게 욕설을 퍼부으면 얼마나 난처해요?"

"네 말은 소홍이 나를 좋아한다는 건데, 어딜 봐서 그렇다는 거냐? 소홍과 사귀기 시작할 때 소홍이 나에게 이런 말을 하더군. '기녀로 살아가는 것도 어렵지만, 좋은 손님이 없으면 더 힘들어요. 지금은 당신이 있어서 얼마나 좋은지 몰라요. 다음에 새로운 손님이 날 찾아도 절대로 만나지 않을 거예요.' 그래서 내가 '그러면 나에게 시집와.'라고 했더니, 말로만 '좋지요' 하고 대충 얼버무린 채 그대로 지금까지 왔어. 처음에는 빚을 갚아주면 시집을 오겠다고 하고선 빚을 갚아주고 나니까 부모님이 허락하지 않는다는 거야. 소홍을 보면 아무에게도 시집가려고 하지 않는 것 같아. 도대체 무슨 생각을 하고 있는지 모르겠어."

"글쎄요, 특별한 의미는 없을걸요. 소홍은 기녀 생활이 익숙해서 다른 곳에 가면 그곳 규율대로 못 살 것 같으니까 지금은 안 가려고 하지만, 몇 년 뒤에 나이가 들면 그때는 당신에게 시집가려고 할 거예요."

연생이 손을 내저었다.

"만약 그때 가서 심소홍이 나에게 시집오려고 한다면, 내가 받아주지 않을 거야. 지난 몇 년 동안 세 번의 명절을 보내면서 쓴 돈이 자그마치 이천 원이 넘어. 올해는 더 많아. 빚 갚고 선물 사고 장부 정리하고, 명절 한 번 지나지 않았는데 소홍에게 이천 원 넘게 썼어. 생각해봐, 내가 무슨 돈이 있어서 그렇게 썼겠어?"

혜정은 다시 한숨을 쉬며 말했다.

"나는 일 년에 천 원이라도 좋은데."

연생이 다시 말하려고 하는데, 중간 방에서 아교가 꿈을 꾸다 기침을 하는 바람에 말이 끊기고 말았다. 그리고 더 이상 말을 꺼내지 않았다.

다음 날 오전, 왕연생과 장혜정이 일어나자 집사 내안이 와서 아뢰었다.

"심소홍 쪽 아주머니가 드릴 말씀이 있다고 건너와 달라고 청했습니다."

혜정이 급히 무슨 일인지 물었다. 연생이 말했다.

"무슨 말이겠어? 요 며칠 안 갔다고 청하는 거겠지!"

혜정은 한참을 곰곰이 생각하다 말했다.

"소홍이 분명 당신에게 무슨 말을 하긴 할 거예요. 생각해봐요, 당신이 여기 있을 때마다 다 알고 있잖아요. 당신이 여기에 계신 걸 알고 당신을 청하는 거예요. 할 말이 없어도 억지로 지어내서 소란을 피우며 당신을 힘들게 하겠죠. 안 그래요?"

연생은 아무 말 하지 않았다. 연생은 점심을 먹고, 아편을 흡족할 만큼 피우고 나서 소홍의 집으로 건너가려고 했다. 그러자 혜정은 연신 당부를 했다.

"소홍이 당신에게 어디에서 왔냐고 물어보면, 여기에 있었다고만 하세요. 당신에게 무슨 말을 해도 중요한 게 아니면 그냥 소홍 말대로 해줘요. 들어주고 싶지 않더라도 거칠게 반응하지 말고 조용히 잘 타일러요. 소홍 성격이 좀 삐딱하지만 당신이 잘만 말하면 괜찮을 거예요. 아셨죠, 제 말 꼭 기억해요!"

연생은 대답을 하고 아래층으로 내려갔다. 가마에 올라타지

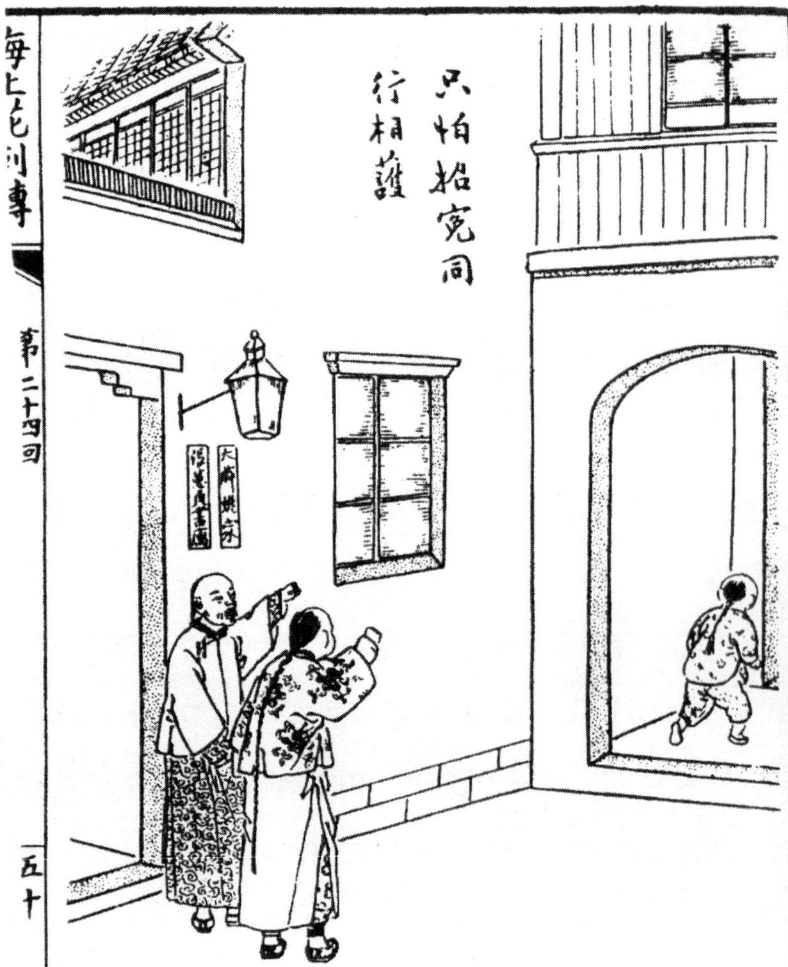
只怕招冤同
行相護
海上花列傳
第二十四回
五十

않고 내안을 데리고 문을 나섰다. 그런데 갑자기 어떤 아이가 남쪽으로 날쌔게 뛰어갔다. 아주의 아들 같아서 부르려고 했지만 이미 사라지고 없었다. 연생은 그와 반대 방향 북쪽으로 돌아 동합흥리를 나와 골목을 가로질러 서회방리로 갔다. 아주가 일찌감치 문밖에서 그를 맞이하고 뒤따르며 함께 방으로 들어갔다. 심소홍은 한가롭게 창가에 앉아 비취 연밥 머리장신구를 만지작거리고 있었다. 그녀는 연생을 보고도 일어나지 않은 채 냉소를 지으며 말했다.

"내가 당신을 찾기 전에는 아예 올 생각을 하지 않는군요! 요 며칠 공사가 얼마나 다망하시기에 한 번도 안 오셨어요?"

연생은 짐짓 웃어 보이며 자리에 앉았다. 아주도 웃으며 말했다.

"그래도 이렇게 청하자마자 왕 나리께서 오신 것만 해도 우리 체면 세워주신 셈이잖아요. 선생님, 저에게 감사해야 해요."

아주는 이 말을 하면서 물수건을 짜고 황급히 찻잔을 아편 소반에 내려놓고 연등에 불을 붙였다.

"왕 나리, 아편 피우시죠."

연생은 탑상의 위쪽에 누워 아편을 피우기 시작했다. 소홍이 말했다.

"당신, 여기 오는 게 괴로우시죠! 모두 서툴러서 어느 누구도 아편 하나 제대로 채워주지 못하잖아요."

연생이 웃으며 말했다.

"누가 너더러 아편 채워달랬나?"

그때 아주는 틈을 봐서 자리를 피했다. 연생은 이미 흡족할 만큼 아편을 피우고 왔기 때문에 한 모금만 피우고 일어나 앉아 물담배를 피웠다. 소홍은 비취 연밥 머리장신구를 연생에게 보여주었다. 연생이 물었다.

"보석방에서 가져온 거야?"

"네, 샀어요, 십육 원에. 차회보다 조금 비싸죠?"

"네가 가지고 있는 연밥도 좋은데, 굳이 뭐 하러 또 사?"

"다른 사람에게는 사주면서, 나한테는 꼭 사주지 않으려고 하죠?"

"그런 뜻이 아니야. 연밥이 필요 없으면 다른 물건 사는 게 좋다는 뜻이지."

"다른 물건도 또 살 거예요. 연밥이 필요 없지만 화가 나서 당신 돈 십육 원을 써버리려고 산 거예요."

"그러면 십육 원을 가지고 가서 마음대로 사. 그렇지만 이 연밥은 좋은 것도 아닌데 굳이 사지 않아도 됐잖아, 안 그래?"

"나 같은 못된 사람에게 어디 사다 줄 물건이 있기나 해요."

연생은 일부러 목소리를 낮게 깔며 말했다.

"아휴! 선생님께서 겸손도 하셔라! 누가 상해탄 심소홍 선생을 몰라 못됐다는 말을 하시나!"

"내가 선생이긴 한 거예요? 창녀보다도 못한데! 선생이라고 불러주셔서 황송하네요!"

연생은 그녀를 말로는 당할 수 없다고 생각되어 더 이상 말을 하지 않고 조용히 누워 아편에 불을 붙이며 곁눈질로 소홍을 슬쩍 쳐다보았다. 소홍은 창문 난간에 기대어 앉아 머리를 숙이고 입을 씰룩거리며 그 비취 연밥을 손에 쥐고 손톱으로 작은 알갱이를 꾹꾹 누르고 있었다. 연생은 차마 그 모습을 보고 있자니 힘들었지만 어떻게 타일러야 할지도 몰랐다. 그때 마침 남자 하인이 아뢰었다.

"왕 나리 친구 분이 오셨습니다."

연생이 맞이하러 가니 바로 홍선경이었다. 홍선경은 방을 들어서며 말했다.

"동합흥리에 자네를 찾으러 갔더니 나갔다고 해서 여기에 있는 줄 알았네."

소홍은 수박씨를 올리고 선경에게 웃으며 말했다.

"홍 나리, 정말 친구를 잘 찾아내시네요. 왕 나리께서 방금 여기에 오셨는데도 찾아내시다니! 나리께서는 줄곧 동합흥리에 계셔서 여기에는 거의 오지 않으셨거든요. 오늘은 제가 청했기 때문에 방금 잠시 들르신 거예요. 저녁에는 다시 동합흥리로 돌아가실 거예요. 홍 나리, 다음에 왕 나리를 찾으시려면 동합흥리로 바로 가시면 될 거예요. 행여 거기 안 계셔도 다른 곳에 간 게 아닐 거예요. 거기서 잠시 기다리고 계시면 왕 나리께서 일을 끝내고 돌아올 테니까 만날 수 있겠지요. 동합흥리는 왕 나리 공관이나 다름없어요."

소홍이 쉬지 않고 말을 하자, 선경은 껄껄 웃으며 말을 잘랐다.

"그만하게! 내가 올 때마다 자네 말을 들어야 되니, 지겨워!"

"홍 나리, 맞는 말씀이세요. 저라는 사람은 원래부터 말을 못해서 말만 했다 하면 사람들 화를 돋우기 일쑤죠. 다른 사람처럼 말도 잘하고 잘 웃고 아부를 잘하지 못해요. 차 마시러 온 손님들도 그곳에 가길 좋아하니까 친구들과 함께 가서 이야기도 나누고 시끌벅적하다죠. 여기에 오면 저에게 기분 상하는 말을 들으니 기분도 나쁘고 친구들에게도 미안하겠죠. 그러니 왕 나리께서 여기에 오고 싶으시겠어요!"

선경이 정색을 하며 말했다.

"소홍, 그러지 마. 이 사람이 장혜정과 만나지만 자네와도 사이가 좋잖아. 그러니까 자네도 좀 참아봐. 자네가 기어코 혜정을 만나지 못하게 한다면 왕 나리 입장에서도 나쁠 건 없어. 자네 말을 듣고 안 가면 되니까 말이지. 그런데 내가 볼 땐 장혜정도 힘들게 지내니까 왕 나리가 좀 보살펴주게 하는 것도 자네가 보시하는 셈이라고 생각해."

소홍은 이 말에 화가 가라앉아 더 이상 대꾸하지 않았다. 이에 홍선경과 왕연생은 다른 일들을 의논하였다. 저녁 무렵이 되자 선경은 자리에서 일어났다. 연생은 잠시 그를 붙잡아 놓고서 오히려 심소홍의 귀에 대고 무슨 말인지 들을 수 없도록 나직하게 소곤거렸다. 소홍이 말했다.

"당신이 가신다는데, 누가 당신을 붙잡아요?"

연생이 또 몇 마디 말을 덧붙이자 소홍이 말했다.

"오든 말든 당신 마음대로 하세요."

이어 연생은 선경에게 함께 나가자고 했다. 소홍은 몇 발자국만 떼며 그들을 배웅해주면서 투덜거렸다.

"장혜정이 기다리고 있으니 꼭 한 번은 들러야 당신 마음이 놓이긴 하겠어요."

연생이 웃으며 말했다.

"장혜정한테 가는 게 아니야."

그리고 아래층으로 내려가 문을 나섰다. 선경이 물었다.

"어디로 갈까?"

"자네 애인한테 가."

두 사람은 북쪽으로 해서 동안리를 지나 공양리 주쌍주의 집으로 갔다. 교건은 왕연생이 주쌍옥을 불렀던 적이 있던 터라 그를 주쌍옥의 방으로 안내하였다. 홍선경도 따라 들어갔다. 그런데 주쌍옥이 침대에 누워 있었다. 선경은 성큼 침대로 다가가 쌍옥에게 물었다.

"어디 아프니?"

쌍옥은 손으로 침대 가장자리를 가볍게 치고 웃으며 말했다.

"홍 나리, 앉으세요. 죄송해요."

선경은 바로 침대 앞에 앉으며 쌍옥과 이야기를 나누었다.

주쌍주가 건너와서 왕연생과 인사를 나누고 연생에게 아편을 권했다. 교건은 물담배를 채워 선경에게 주었다. 선경이 보니 은으로 만든 담뱃대였다. 화장대 위에 나란히 놓여 있는 다섯 개의 물담뱃대를 봐도 모두 은이었기에, 의아해하며 물었다.

"쌍옥은 뭔 은담뱃대가 이렇게 많아?"

쌍주가 웃으며 말했다.

"우리 엄마가 쌍옥에게 아부하려고 그런 거잖아요."

쌍옥이 그 말에 성을 내며 말했다.

"언니는 항상 말도 안 되는 소리만 하세요! 엄마가 저에게 아부를 한다니요, 농담하지 말아요."

선경은 웃으며 까닭을 물었다. 쌍주가 말했다.

"지난번 은담뱃대 때문이죠. 쌍옥이 손님에게 하나 사달라고 하니까 엄마가 큰 언니, 둘째 언니 은담뱃대 몇 개를 가져와 쌍옥에게 줬잖아요. 쌍보는 하나도 없는데 말이죠."

"그러면 지금 어디가 아픈 거야?"

쌍옥이 말을 받았다.

"한열이 있어요. 어제저녁 손님과 마작을 하느라 한숨도 못 잤는데, 그만 오한이 들고 말았어요."

이때 왕연생이 아편을 태워 피우려는데, 담배설대가 막혀 있어 두문[1]에서 걸렸다. 쌍주가 먼저 발견하고 바로 말했다.

"제 방으로 가서 피우시죠. 오래된 담뱃대가 한 대 있어요."

모두 쌍주의 방으로 건너갔다. 선경은 그제야 연생에게 비취보석 몇 점을 샀고, 가격이 대충 얼마이며, 직접 장혜정에게 전해준 사실을 알려주었다. 연생도 선경에게 물었다.

"누가 심소홍 밑에 들어가는 돈이 많다고 하는데, 어디에 쓰는지 알고 있는가?"

선경은 한참을 고심하다가 대답했다.

"심소홍이 무슨 특별히 쓰는 곳이 있겠어. 마차를 타는 데 지출이 좀 많겠지."

연생은 마차 탄다는 말을 듣고 더 이상 캐묻지 않았다. 등이 켜질 때까지 이야기를 나누다 연생은 심소홍과의 약속을 지키기 위해 총총히 떠나갔다. 선경은 간단하게 요기라도 할 겸 쌍주의 방에 머물렀다. 선경은 단골손님이어서 따로 올리는 요리 없이 쌍주, 쌍옥과 함께 종종 식사를 하곤 했다. 그러나 오늘 밤에는 쌍옥이 오지 않았다. 선경이 말했다.

"쌍옥은 요사이 왜 그렇게 아픈 거야?"

"당신 그 애 말을 곧이곧대로 믿어요? 무슨 열이 있다고 그래! 엄마가 그 애를 너무 끼고 도니까 꾀병 부리는 거죠."

"왜 꾀병을 부려?"

"그저께 저녁, 쌍옥은 처음에는 술자리가 없었어요. 나와 쌍보가 술자리에 가려고 막 나가고 난 뒤에 한꺼번에 쌍옥을 부르는 쪽지가 네 장이나 왔나 봐요. 가마도 없어서 남자 하인이 급히 쌍보를 부르러 갔어요. 마침 쌍보도 자리를 옮겨야 하니까, 하인에게 먼저 가마로 쌍옥을 태워 보내고 다시 쌍보를 데리러 오라고 했어요. 쌍보가 돌아오고 나서야 쌍옥은 다시 다른 자리로 가야 하니까 늦어버린거죠. 네 번째 장소로 옮겼을 때는 술자리도 이미 끝나고 손님도 가버렸던 모양이에요. 쌍옥이 돌아와서 엄마에게 일러바치며 원래부터 쌍보와 사이가 좋지 않았으니 전부 쌍보가 늦게 온 탓이니 혼내라고 한 거예요. 엄마는 술자리에서 따라온 손님이 쌍보의 방에 있어서 당장은 뭐라고 하지 못했죠. 그때부터 쌍옥은 기분이 상해서 방으로 들어가서 물건들을 내던지고는 손님들이 마작하는 바람에 한숨도 못 잤다며 내일까지 아플 거라고 하잖아요."

"쌍보가 고달프겠어, 전생의 원수를 만났으니."

"원래 엄마도 쌍보를 좋아하지 않았어요. 쌍보가 일을 잘 못해서 여러 번 혼을 내곤 했는데, 쌍옥이 들어온 이후로 지금까지 쌍보는 몇 번을 두들겨 맞았는지. 모두 쌍옥이 때문에요."

"쌍옥이 너와는 사이가 좋으냐?"

"나를 조금 겁내긴 하지만, 좋긴 해요. 엄마는 뭐든지 쌍옥의 말을 들어주잖아요. 나는 그 애가 일을 잘하든 못하든 잘못이 있으면 꼭 야단을 쳐요. 그래서 그 애는 아마 나를 원망할 거예요."

"자네가 심하게 야단치는 것도 아닌데 어떻게 자네를 원망하겠어."

잠시 후 저녁을 먹고 난 선경은 일이 없어 가게로 돌아가려고 했다. 쌍주도 굳이 붙잡지 않았다. 홍선경은 주쌍주의 집을 나와 공양리 남쪽 골목으로 해서 동쪽으로 걸어가고 있었다. 그런데 갑자기 뒤에서 누군가가 '외삼촌' 하고 불렀다.

선경이 고개를 돌려보니, 바로 외조카 조박재였다. 그런데 조박재가 입고 있는 옅은 남색 짧은 웃옷과 옅은 연녹색 숙라 바지가 다 해져 있고, 그가 신고 있는 가선을 댄 북경식 신발도 다 떨어져서 발가락이 반쯤 삐져나와 있었다. 선경은 너무 놀라서 황급히 물었다.

"왜 장삼은 입지 않았느냐?"

조박재는 한참을 머뭇거리다가 말했다.

"인제병원에서 퇴원하고 객잔에서 한 며칠 머물렀는데, 방값 몇백 전이 모자란다고 객잔에서 이불과 옷을 가져가 버렸어요."

"그러면 왜 돌아가지 않았느냐?"

"원래는 돌아가려고 했는데 돈이 없어서 못 갔어요. 외삼촌, 뱃삯 좀 빌려주세요."

선경은 호되게 그를 야단쳤다.

"네가 무슨 낯짝으로 나를 찾아와! 날 욕 먹이려고 상해에 왔구나. 다시 한 번 나를 외삼촌이라고 했다간 네 귀싸대기를 날려버릴 테니까."

이 말을 뱉고 선경은 휑하니 몸을 돌려 걸어갔다. 박재는 그 뒤를 꼭 따라붙으며 빌고 또 애원했다. 얼마 걸어가지 않아 선

自甘落魄
失路誰悲
馬路

경은 어떻게 해야 할지 생각이 잘 떠오르지 않았지만 자신의 체면에 문제가 생길까 봐 버럭 소리를 질렀다.

"나와 같이 객잔에 가보자!"

박재는 연신 대답하며 앞장서서 길을 안내했다. 그런데 열래 객잔으로 가지 않고 곧장 육마로의 작은 객잔으로 가는 것이었다.

"여기예요."

선경은 화를 참아가며 계산대로 가서 물었다. 점원은 웃으며 말했다.

"이불이라니요, 겨우 장삼 한 벌인데, 그것도 탈탈 털어 사백 전에 저당잡았어요."

선경은 박재를 돌아보며 사실인지 물었다. 박재는 아무 말도 못하고 고개만 숙이고 있었다. 선경은 또 호되게 야단을 치고 옷에서 동전을 꺼내 장삼을 돌려받고 방값을 계산해주며 하룻밤을 묵게 했다. 그리고 다시 박재에게 소리를 질렀다.

"내일 가게로 와!"

박재는 대답을 하고 선경을 배웅해주었다. 선경은 그런 박재를 아예 무시하고 인력거를 불러 남시 함과가 영창삼점으로 돌아왔다. 한숨을 쉬고 탄식을 해보아도 방법이 없었다.

다음 날 아침, 조박재는 정말로 장삼을 입고 왔다. 선경은 외근직원에게 박재를 데리고 가서 배를 태워주라고 하고, 박재에게는 삼백 전만 주면서 간식이나 사 먹으라고 했다. 조박재는 그 직원을 따라나서며 홍선경에게 작별인사를 했다.

1 斗門 : 아편고를 넣도록 만들어진 대통 모양의 입구

25

지난 일을 들추며 질책하여도 정은 더욱 깊어지고, 뒷날을 기약하며 꽃이 시들어도 누가 이해할까

翻前事搶白更多情 約後期落紅誰解語

홍선경은 조박재가 배를 탔고, 뱃삯도 지불했다는 직원의 보고를 받았다. 그러나 마음이 놓이지 않아 박재의 모친에게 상세하게 상황을 설명하며 아들 단속을 잘하고 다시는 상해에 오지 못하게 하라는 당부의 편지를 썼다. 선경은 직원에게 편지를 부치라고 시키고 나서야 가게 일을 보기 시작했다. 오후에는 일이 없어 문을 나서려고 하는데 마침 초대장 하나가 왔다. 장여보가 서기반가 취수당 육수림의 방에서 마련한 술자리에 초대였다. 회계원에게 몇 마디 당부를 하고, 혼자 문을 나서 북쪽으로 갔다. 아직 시간이 일러 인력거를 타고 사마로 중간 지점까지 가서 동합흥리 장혜정, 서회방리 심소홍 두 집에 들러 왕연생을 찾았다. 그러나 두 집 모두 왕연생은 없다고 했다.

선경은 주금리를 돌아 나와 상발 복권 가게로 갔다. 호죽산과 인사를 하고 진소운이 있는지 물었다.

"위층에 계십니다."

선경은 곧장 위층으로 올라갔다. 진소운은 그를 맞이하고 자리를 권하며 물었다.

"장여보가 요이 집에서 술자리를 가지는 모양인데, 자네도 초대받았는가?"

"육수림 집이라고 하는데, 있다 같이 가세."

소운은 그러자고 했다. 선경이 물었다.

"저번 장여보가 가지고 있던 그 많은 물건들 다 팔아줬는가?"

"여전홍이 몇 점 고른 게 모두고, 아직 많이 남아 있어. 자네 단골이 있거든 한번 물어보게."

선경은 그러겠다고 했다. 이내 할 말이 없어지자 서로 무료해졌다. 두 사람은 기루에 가서 차를 마시고 술자리에 가도 늦지 않을 것 같다며 나란히 아래층으로 내려와 호죽산에게 인사를 하고 나왔다. 좁은 골목길을 지나니 바로 동안리 김교진의 집이었다. 진소운이 홍선경을 이끌고 이 층 방으로 올라갔다. 김교진이 일어나 그들을 맞이했다. 두 사람이 자리에 앉자 교진이 물었다.

"서기반가에서 당신을 초대하는 쪽지가 왔는데, 술자린가요?"

"장여보가 우리 두 사람을 초대했어."

"장 씨는 요번 절기에만 여러 번 술자리를 가지네요."

"지난번에는 친구 대신 초대한 거고, 그가 마련한 술자리는 아니었어. 오늘 밤은 아마 '소로두'이거나 아니면 '선권'일 거야."

"참, 우리도 스무사흗날에 선권을 할 거예요. 그러니까 당신도 술자리 만들어줘요."

소운은 곰곰이 생각하다 말했다.

"술자리야 만들지 뭐. 그런데 그날 만약 다른 손님이 있으면 난 하루 뒤 스무나흘도 괜찮아."

"없어요. 손님이 있었으면 당신에게 술자리 가지라고 하지도 않지요. 없으니까 하는 말이잖아요."

소운은 짐짓 웃는 양으로 말했다.

"손님이 없으니까 나에게 술자리 만들라는 거군. 손님이 있었으면 내 차례는 돌아오지도 않았겠어."

그 말을 듣고 교진은 소운의 입술을 꼬집으려고 하였으나 홍선경에게 가로막히자 금세 웃으며 말했다.

"당신, 또 트집 잡을 거예요! 제가 어디 틀린 말 했어요? 당신은 오랜 손님이잖아요. 그런데도 선권이 있는 날에 술자리를 만들지 않으면 당신 체면이 깎일걸요? 그리고 당연히 당신이 저의 체면치레는 해주셔야죠. 안 그러면 왜 오랜 손님이겠어요? 만약 술자리 손님이 있다면야 당신이 술을 마시든 말든 마음대로 하셔도 되잖아요. 당신은 오랜 손님이니까, 아무 날이고 마셔도 괜찮잖아요. 제 말이 틀렸나요?"

소운이 웃으며 말했다.

"흥분하지 마, 난 자네 말이 틀렸다고 하지 않았어."

"그런데, 왜 '차례가 돌아올 수 있느니, 없느니' 이런 쓸데없는 말을 해서 불을 붙여요."

홍선경은 한쪽에 앉아서 껄껄 웃기만 했다. 교진이 소운을 흘겨보며 말했다.

"홍 나리에게 비웃음만 샀잖아요! 사오 년 동안 지내온 손님이 쓸데없는 소리를 하고 있으니까, 꼭 만난 지 얼마 안 된 것 같네요."

"웃고 이야기하는 게 좋은 거 아니야? 말 안 하면 답답하잖아."

"누가 당신더러 말하지 말래요? 당신은 입만 열었다 하면 사람 속을 뒤집어놓으면서, 농담이래요. 홍 나리께서 주쌍주에게 대하는 것 보세요. 당신보다 오랫동안 지냈지만 어디 한 마디라도 쓸데없는 말을 하시던가요? 당신만 유독 말도 안 되는 괴상한 말들을 늘어놓잖아요!"

선경이 웃으며 말했다.

"자네 두 사람이 싸우면서, 왜 날 가지고 놀리시나?"

교진도 웃으며 말했다.

"홍 나리께서는 이 사람 성질을 모르셔요. 얼핏 보면 좋은 사람 같아 보이지만, 마음이 뒤틀렸다 하면 성질을 부려요. 어쩌다 한 번 왔을 때, 방에 손님이 있어서 건넛방에서 잠시 앉아 있으라고 했더니 글쎄 한마디 말도 없이 그냥 가버린 거예요. 그래서 제가 '당신 왜 가려고 해요?'라고 했더니, 말은 잘 하셔요, '자네에게 은애로운 손님이 와 있는데, 내가 와서 분위기 망친 것 같아서 기분이 나질 않아.' 그러잖아요."

소운은 말이 채 끝나기도 전에 웃으며 끼어들었다.

"몇 년 전에 그냥 한 말을 가지고 뭐 하러 다시 꺼내?"

교진은 힐끗 곁눈질을 하고 웃음을 띠면서도 성난 목소리로 말했다.

"당신은 다 잊어버렸겠지만 전 잊지 않았어요. 그래서 홍 나리께 말씀드리는 거예요. 홍 나리께서는 여기에 오시면 늘 무료하시니까, 이런 우스갯소리를 듣는 것도 나쁘진 않을 거잖아요."

소운이 순간 다급해져서 양팔을 벌리고 달려가서 억지로 껴안자 교진이 소리를 질렀다.

"뭐하시는 거예요?"

아주머니 아해와 여자 하인 은대가 그 소리를 듣고 달려오자 소운은 손을 풀었다. 교진은 소운에게서 빠져나와 머리를 매만지고 나서 다시 언짢은 얼굴을 하고 소운에게 소리를

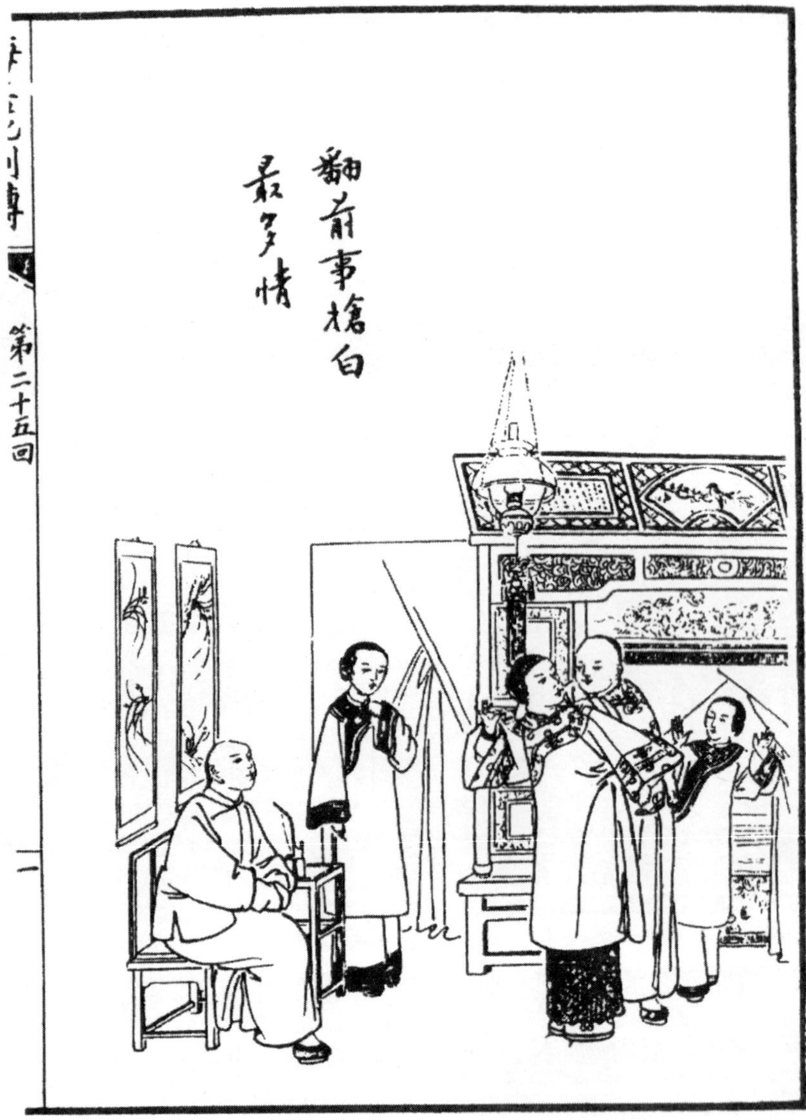
翻前事搶白
最多情
第二十五回

쳤다.

"자리에 앉아요!"

소운은 굽실거리는 시늉을 하며 '예, 예!' 하고 자리로 돌아가 앉았다. 아해와 은대는 옆에서 한 목소리로 말했다.

"진 나리께서는 늘 점잖으셨는데, 오늘은 기분이 아주 좋으신가 봐요."

선경이 고개를 끄덕이며 말했다.

"나도 여태껏 그가 이렇게 시끄러운 것은 본 적이 없었네."

이렇게 소란을 피우는 사이 벌써 등을 올리는 시간이 되었다. 소운의 집사 장복이 찾아와 소운에게 빨리 오라고 재촉하는 장여보의 쪽지를 올렸다. 선경이 일어서며 말했다.

"일어나지."

그리고 곧바로 소운과 함께 나갔다. 김교진은 계단까지 배웅해주며 말했다.

"불러줘요."

소운은 그러겠다고 대답을 하고 문을 나서며 장복에게 분부를 내렸다.

"나는 홍 나리와 함께 갈 테니, 너는 돌아가 마부에게 서기반가로 인력거를 가지고 오라고 해라."

장복은 명을 받들고 돌아갔다. 진소운과 홍선경은 나란히 걸어가며 걸음을 재촉했다. 사마로 보선가를 구불구불 지나자 서기반가 취수당에 도착했다. 문을 들어서며 이 층으로 올라가니, 방에는 손님 두 명이 먼저 와 있었다. 홍선경은 그들이 오송교와 장소촌라는 것을 알고 있었기 때문에 진소운과만 통성명하였다. 그리고 다들 편히 앉았다. 장여보는 재촉하는 쪽지 두 장을 써서 양가모에게 건네주며 말했다.

"손님 빨리 오라고 하고, 어서 술자리 준비해."

술자리가 준비 되어갈 즈음, 손님을 부르러 간 하인도 돌아와 아뢰었다.

"상인당 위하선 집에서는 이미 손님을 초대해서 못 오시고, 양원원 집에서는 곧 오시겠답니다."

홍선경이 물었다.

"요계순을 초대했었나?"

장여보가 말했다.

"아니, 노적(老翟)을 초대했어."

"며칠 되었지, 요계순 부인이 위하선 집으로 가서 소란을 피웠다고 하는데, 알고 있나?"

여보가 의아해하여 재빨리 그 이유를 물었다. 선경이 말하려고 할 때 마침 남자 하인이 또 아뢰었다.

"장 도련님, 친구분들이 오셨습니다."

여보는 급히 그들을 맞이하러 나갔다. 모두 인사를 하려고 일어서서 기다렸다. 마침 이학정이 들어오자, 모두 안면이 있는 사이라 굳이 안부를 물을 필요는 없었다. 장여보는 바로 양가모에게 옆방 육수보의 방으로 가서 시 도련님을 모시고 오라고 했다.

잘생긴 젊은이가 화려한 옷차림을 하고 육수보의 손을 잡고 방으로 들어왔다. 모두들 그가 누구인지 알지 못했다. 장여보가 말해주어 그의 성씨가 시(施) 씨이며, 호가 서생(瑞生)이라는 것을 알게 되었고, 서로 만나 뵙고 싶었다는 인사말을 간단히 나누며 자리에 앉았다. 장여보는 가장 윗자리에 이학정을 앉게 하고 그다음 자리에 시서생을 앉게 하였다. 나머지 손님들은 편히 자리에 앉았다.

먼저 육수보가 외출복으로 바꾸어 입고 건너와 시서생 뒤에 앉았다. 그녀는 홍선경을 보자 물어볼 말이 생각났다.

"참, 조 도련님은 보셨어요?"

"그 아이는 오늘 돌아갔네."

장소촌이 끼어들었다.

"안 갔어요. 방금 사마로에서 봤어요."

선경은 깜짝 놀랐지만 자세하게 묻지는 않았다. 시서생은 장여보에게 물었다.

"그렇지 않아도 물어보려고 했는데, '쌍희쌍수'라는 반지는 어디에서 살 수 있나요?"

"용서리. 거기에 아주 많이 있어."

서생은 육수림을 돌아보고 아예 반지를 빼내어 모양을 보고 바로 돌려주었다. 오송교는 이학정에게 물었다.

"요 며칠 동안 마작 했습니까?"

"아니."

"나중에 한번 신나게 해볼까요?"

학정이 미간을 찌푸리며 말했다.

"할 사람이 없잖아."

송교가 진소운을 돌아보며 물었다.

"한 판 하시겠습니까?"

"내 마작은 고작 기녀들과 노닥거리는 수준인데, 크게 잃고 따고 할 것도 없어."

송교는 그 말에 잠잠히 있었다.

그때 김교진, 주쌍주, 양원원, 손소란과 마계생이 속속 모여들었다. 마계생은 슬그머니 장소촌의 소매를 잡아 당겼다. 소촌이 고개를 돌리자 계생은 접이부채를 펴서 얼굴을 반쯤 가리고 소촌과 소곤거렸다. 소촌은 가만히 고개만 끄덕이고 일어나 아편침대로 가서 슬쩍 고갯짓으로 오송교를 불러 귓속말을 했다.

"계생 집에도 선권을 하고 있다고 나보고 술자리를 만들어 달라고 하는데, 자네가 학정에게 나중에 마작 하자고 한번 말해봐."

"또 다른 사람 없어?"

"없긴, 진소운 어때?"

송교는 잠시 생각에 잠겼다가 말했다.

"소운은 아마 안 하려고 할 거야. 내 말은 계생 집에서 선권을 하는데, 자네도 술자리를 가져야 하잖아. 그러니까 아예 자리를 옮겨서 술자리를 먼저 가진 뒤 마작을 하자고 하는 게 더 쉽지."

소촌 또한 생각해보더니 말을 꺼냈다.

"술 마시는 건 재미 없어. 계생 집에서 술 마시는 것도 별 재미 없어."

"자네는 몰라, 술 마시려면 요이 집이 좋아. 장삼서우 기녀들은 세련되기만 했지, 쌍대를 마련해도 그저 그럴 뿐이야. 계생 집 같은 경우는 한 상만 차려도 계속 있다가 마작 해도 돼. 게다가 우리를 잘 받들어줘."

"그러면 자네가 술자리 만들어, 내가 이 원 보태줄게."

"자네 애인인데 내가 어떻게 술자리를 만들어? 아니면 마작을 해서 내가 이기면 나도 반을 낼게."

소촌은 잠시 생각해보더니 일어나서 사람들에게 인사를 하며 술자리를 옮기는 이유를 설명하고 꼭 함께하자고 했다. 모두들 흔쾌히 참석하겠다고 했다. 마계생은 아주 기뻐하며 아주머니에게 돌아가서 술자리를 준비하라고 했다.

자리를 옮기기 전 어깨를 맞대고 화권을 했다. 먼저 장여보가 선을 잡고 모든 사람과 돌아가며 했다. 모두 세 번씩 응대하며 주인의 호의를 받아주었다. 그런 다음 손님들이 돌아가며 화권을 하며 벌주를 마셨다. 이학정은 주량이 적고 화권이 서툴러 모두에게 사양의 뜻을 전하며 빼달라고 했다. 시서생은 육수보에게 달라붙어 술에는 마음이 없었다. 장소촌은 술자리를 옮겨야 하기에 마실 엄두를 내지 못하고 오송교와 한 패가 되어 선을 깔았지만 겨우 분위기만 살짝 맞춰줄 뿐이었다. 다만 진소운, 홍선경 두 사람은 평소처럼 흥이 나서 한참을 시끌벅적하게 놀았다. 김교진과 주쌍주는 각각 벌주를 대신 마시고, 양원원, 손소란과 함께 한바탕 놀다가 시끌벅적하게 떠나갔다.

육수보도 외출복을 벗고 다시 들어왔다. 그러자 장소촌은 바로 마계생을 불렀다.

"먼저 가서 술자리 준비해."

마계생은 단단히 당부했다.

"바로 건너오세요."

계생이 가고 난 후, 술자리는 끝이 났다. 육수보는 일찌감치 시서생을 데리고 자신의 방으로 건너갔다. 수보는 서생을 아편침대에 눕히고 자신은 그 위로 몸을 숙이며 나지막하게 물었다.

"술자리에 또 갈 거죠?"

"술자리를 옮긴다고 하는데, 난 내키지 않아."

"같이 술 마셨으면 당연히 같이 술자리를 옮겨야죠. 당신만 안 가면 안 좋아요."

"겨우 한 번 안 부른다고 안 좋을 것까지."

수보가 냉랭하게 웃었다.

"당신, 원삼보에게는 삼 원씩 줘가며 여러 번 계속 불렀잖아요. 그러면서 저한테는 돈을 아낄 속셈이죠!"

"원삼보는 어린 기녀야, 삼 원은 무슨 삼 원!"

"처음엔 어린 기녀들도 당신과 만났다 하면 더 이상 어린 기녀가 아니게 되잖아요."

서생은 껄껄 웃었다.

"네 이야기를 하고 있구나! 나에게는 당신 한 사람만 있어. 처음엔 어린 기녀였지만 나와 만나자마자 더 이상 어린 기녀가 아니게 되었지."

수보는 비시시 웃으며 부끄러워하며 한 손을 서생의 소매 속에 집어넣고 팔을 만지작거렸다. 서생은 그 기회를 놓치지 않고 와락 껴안고 애무를 하려고 하는데, 하필이면 그때 분위기를 모르는 양가모가 방으로 들어와 말을 전했다.

"장 도련님께서 건너오라시네요."

서생이 일어나 앉자 수보가 다시 그를 넘어뜨리며 말했다.

"뭐가 급해요? 먼저들 가라고 하면 되죠."

서생은 마지못해 대답했다.

"먼저 가라고 하고 난 조금 있다가 간다고 해."

양가모는 웃음으로 답하고 나갔다.

서생과 수보는 서로 부둥켜안고 가만히 귀를 세워 조용히 듣고 있었다. 옆방에서 장소촌이 양가모의 대답을 듣고 말하는 소리가 들렸다.

"그러면 우리는 갑시다."

이학정, 진소운은 가마가 있어 먼저 나서고, 장소촌은 홍선경, 오송교 그리고 장여보를 데리고 함께 웃으며 천천히 내려갔다. 서생은 수보의 귀에 대고 속삭였다.

"이제야 모두 갔네."

수보는 화난 척하며 말했다.

"그래서요?"

이 한마디가 끝나기가 무섭게 손님 배웅을 마친 육수림이 하필이면 수보의 방으로 들어왔다. 수보는 이미 욕정이 움직인 이때 들어온 수림이 원망스러웠다. 그러나 이를 깨물고 서생을 힘껏 밀치고는 벌떡 일어나 빠른 걸음으로 화장대 앞으로 걸어가 서양 거울을 보며 귀밑머리를 정리했다. 수림은 서생에게 말했다.

"장 도련님이 저보고 전해달래요, 경운리 세 번째 집에 있을 거라고. 혹시 모르실까 봐."

서생은 연신 말했다.

"알아, 알아."

그리고 수보를 흘낏 쳐다보았다. 수림도 고개를 돌려 보았다. 수보의 얼굴이 발갛게 달아오른 것을 보고 더 이상 아무 말도 못하고 황급히 나가버렸다.

서생은 탑상에 비스듬히 누워 조용히 손짓을 하며 나지막하게 수보를 불렀다.

"이리 와."

수보는 서생을 한 번 째려보고 발을 동동거리며 싫은 내색을 지어 보이며 대답했다.

"싫어요!"

서생은 뜻밖의 반응에 깜짝 놀라 반가좌로 앉으며 허벅지를 치며 애원했다.

"그러지 마! 내가 당신 언니 대신 머리 숙여 사과할 테니 날 봐서라도 화내지 마!"

수보는 서생의 말에 웃음이 나오려고 했지만 참았다. 그리고 그 작은 입술을 씰룩이며 작은 발로 뒤뚱거리며 몸을 비비 꼬면서 올 듯 말 듯 탑상까지 서너 발자국을 남겨두고 폴짝 뛰어올랐다. 그 바람에 서생은 그만 벌러덩 넘어지고 말았다. 수보는 서생의 가슴팍에 머리를 묻고 다시 온몸으로 그를 꽉 눌러 꼼짝하지 못하게 하였다. 서생이 아무리 애원하여도 몸을 일으키지 않았다. 서생은 하는 수 없이 오른손을 움직여 천천히 허리 아래로 더듬어 내려갔다. 허리끈 매듭이 만져지자 잡아당기려고 했다. 수보는 낌새를 느끼고, '아이' 하고, 마치 『수호전』의 악화가 부르는 '철규자'[1]처럼 소리를 질렀다. 그리고 서생의 손을 꼭 잡고 고개를 들어 서생의 두 눈을 뚫어지게 쳐다보았다. 서생이 조용히 물었다.

"왜 이렇게까지 거부하고 그래?"

그가 몇 번을 계속 물어도 수보는 끝내 대답하지 않다가 한

約後期
落紅
誰解
語

참 뒤에 중얼거리듯 말을 했다.

"당신 술 마시러 갈 거죠. 갔다가 조금 일찍 오실래요?"

"지금 이렇게 시간이 있는데, 하필이면 왜 나중이야?"

수보는 서생이 절박하게 묻는 모습을 보고, 말을 하려다 말고 손가락으로 자신의 가슴을 가리켰다. 서생은 여전히 알 수 없었다. 수보는 조바심이 나서 손을 내리고 일어나서 미간을 찌푸리며 말했다.

"당신이라는 사람은 어떻게 말해도 알아듣지를 못해요!"

서생은 잠시 생각해보아도 어쩔 도리가 없어 한숨을 쉬며 중얼거렸다.

"하! 지금은 널 용서해주겠지만, 나중에도 거부하면 벌을 내릴 거야!"

수보가 입술을 한 번 씰룩이며 말했다.

"당신 능력이 대단한가 봐요!"

서생이 웃었다.

"특별한 능력이 없어도 널 죽일 수는 있지."

"아휴! 말은 정말 그럴싸하군요. 나중에 화나 내지 말아요!"

"그러면 지금 먼저 시험해봐!"

그 말에 수보는 얼른 도망갔다. 서생은 시무룩한 표정으로 말했다.

"만지지도 않았는데, 도망가기야. 너 같은 계집은 처음 봐!"

수보가 막 대답하려고 하는데 남자 하인이 양가모를 부르는 소리가 들려왔다.

"양가모, 초대장과 쪽지 왔어요."

육수보가 말했다.

"당신을 초대하는 건가 봐요."

양가모가 초대장을 올렸다. 정말로 장소촌이 그를 초대하는 것이었다. 수보가 물었다.

"바로 가겠다고 말할 거예요?"

"네가 나를 원하지 않는데, 당연히 가야지!"

수보가 큰 소리를 질렀다.

"뭐라구요! 당신이라는 사람은…."

수보는 말을 반쯤 꺼내다 말고 입을 다물었다. 양가모는 얼빠진 얼굴로 히죽거리다 자기 마음대로 소리를 지르며 아래층으로 내려갔다.

"바로 가신단다."

그러나 서생은 전혀 개의치 않았다. 수보는 혼자 정리를 하다 말고 서생이 여전히 누워 있는 것을 보고 물었다.

"술 마시러 안 가세요?"

서생은 차갑게 대답했다.

"안 가! 여기서 '속빈 강정'을 하도 많이 먹어서 더 이상 술 들어갈 데가 없어!"

수보는 갑자기 펄쩍 뛰며, 두 다리를 바닥에 꼭 붙이고 한 글자를 뱉었다.

"아!"

그리고 다시 아편침대에 올라가 서생의 귀에 대고 소곤거렸다. 서생은 그제야 알아듣고 말했다.

"그러면 왜 진작 말하지 않았어?"

그러나 수보는 한마디 해명도 하지 않고 바로 물러났다. 서생은 일어나서 툭툭 옷을 털고 가다 말고 수보에게 말했다.

"나도 솔직히 말하면, 오늘은 네가 안 좋으니까 내일 올게. 지금 술 마시러 갔다가 집으로 돌아갈 거야."

수보는 눈을 부릅뜨고 따졌다.

"뭐라고 하셨어요?"

서생은 웃는 낯을 하고 말했다.

"아니, 너와 의논하는 거야. 내일은 꼭 올게."

수보는 소리를 질렀다.

"누가 당신에게 내일 오라고 했어요? 집으로 돌아가려면 가세요!"

서생은 변명할 겨를도 주지 않고 바로 고개를 돌리고 가면서 발 한쪽을 구르며, '아' 하고 소리를 내자 양가모가 웃었다. 서생은 다시 돌아서서 잘못을 빌며 외출복을 꺼내어 밉살스럽게 직접 수보에게 걸쳐주었다. 수보는 일부러 개의치 않은 척하며 수림과 함께 가자고 약속을 하고 아래층으로 내려갔다. 서생은 문 입구까지 그들을 따라가서 수림과 수보가 가마에 오르는 것을 보고 나서 양가모와 같이 그 뒤를 따라 걸어갔다.

서쪽으로 돌아 경성은루를 지나가는데, 갑자기 앞에서 젊은 아주머니 한 명이 불쑥 다가와 '할멈' 하고 양가모를 끌어당기며 말했다.

"잠깐 기다려봐요."

시서생은 앞서간 가마와 너무 멀리 떨어져서 양가모를 기다리지 못하고 급히 가마를 쫓아갔다. 경운리에 다다를 즈음 두 대의 가마가 벌써 계생의 집 문 앞에 세워져 있는 것이 보였다. 그들이 양가모를 찾자, 서생은 어느 아주머니에게 붙잡혔다고 말해주었다. 육수림은 신경질을 내며 혼자 가마에서 내려 문으로 들어갔다. 서생이 수보에게 물었다.

"내가 부축해줄까?"

수보가 급히 말렸다.

"아뇨, 당신 먼저 들어가세요."

서생은 그제야 수림을 따라 마계생의 방으로 들어갔다. 모두들 상석만 남겨두고 벌써 와서 자리를 잡고 앉아 기다리고 있었다. 시서생은 극구 사양하다 마지못해 상석에 앉았다.

한참 뒤에, 양가모가 육수보를 부축하고 들어왔다. 육수림은 그녀를 보자마자 성을 내며 나무랐다.

"생각이 있는 거야! 우리를 따라오다가 어디로 빠졌던 거야?"

양가모는 웃으며 해명을 했다.

"어린 애들은 조그만 일에도 놀라 자빠지죠. 걱정할 게 아니라고 말해줘도 못 믿겠다고 저보고 와달라고 하잖아요."

수림은 여전히 화가 풀리지 않았다. 그러자 시서생이 끼어들어 물었다.

"무슨 일이래?"

양가모는 천천히 이야기를 시작했다. 모두들 귀를 씻고 들어보세요.

---

1 樂和 : 원래 등주성(登州城)에서 감옥을 지키는 포졸이었다. 그는 총명하여 다양한 악곡을 한 번 배우기만 하면 잘 불렀고, 목청이 좋았다. 그래서 그를 "철규자 악화(鐵叫子樂和)"라고 했다.

26

진짜 능력자는 귓가에 밤소리가 들리고, 가짜 호인은 미간에 춘색이 동하다

眞本事耳際夜聞聲 假好人眉間春動色

양가모가 말했다.

"바로 소관향(蘇冠香) 때문이에요. 신아문에서 잡아갔대요."

진소운이 깜짝 놀라며 말했다.

"소관향은 영파(寧波)[1]에서 도망 나온 그 작은 마누라 아니야?"

"맞아요. 그런데 도망 나온 건 아니고요, 본처하고 사이가 나빠서 남편이 쫓아낸 거랍니다. 기녀 일은 절대 하지 말고 다른 곳에 시집이나 가라고 했는데 지금 기루에서 기녀로 일하고 있으니까, 남편이 꼬투리를 잡아 가만두지 않은 거죠. 그런데 우리 손녀가 소관향의 아주머니로 있거든요. 그러니 화가 나지 않겠어요?"

장여보가 말했다.

"자네 손녀도 분담금을 냈어?"

"제 말이 바로 그거예요. 만약 돈을 투자했다고 하면 그땐 입장이 난처해져요. 저같이 별 볼일 없는 사람도 신아문에서 잡아가지나 않을까 전전긍긍할 수밖에요."

이학정이 말했다.

"자존심 강한 소관향이 고생 좀 하겠는걸!"

양가모가 말했다.

"괜찮을 거예요. 제대인께서 상해에 계시다고 들었어요."

홍선경이 말했다.

"평호(平湖) 제운수(齊韻叟) 말인가?"

"맞아요. 제대인에게 팔려간 소췌향(蘇萃香)이 바로 소관향 언니예요. 또 몇 명 더 있다고 하던데, 모두 사들인 기녀라지요."

장여보가 갑자기 생각이 나서 물어보려고 하는데, 오송교와 장소촌 두 사람은 오직 마작할 생각에 일부러 선을 깔고 손을 내밀며 말을 끊었다. 기녀들이 속속 도착하자 장소촌은 진소운에게 얼른 시작하자고 부추겼다. 소운이 산가지가 몇 개나 되는지 물어보았다. 소촌이 기본이 백 개라고 말했다. 그러자 소운이 말했다.

"너무 큰데."

소촌은 한 번만 하자고 간곡히 부탁했다. 오송교도 옆에서 부추겼다. 그러자 진소운이 홍선경에게 물었다.

"나와 편먹고 해볼 테야?"

"나는 할 줄도 모르는데, 편은 무슨? 그러면 여보와 함께 해."

소운은 또 장여보에게 물었다. 여보는 시서생을 돌아보며 말했다.

"자네도 하지 그래?"

서생은 마음속으로 생각하고 있는 중요한 일이 따로 있어 황급히 손을 저으며 거절하였다. 이에 진소운과 장여보는 승패에 따라 반씩 내고 반씩 나누어 가지기로 하고 각각 네 판씩 하기로 했다.

이학정이 말했다.

"마작한다면 난 술은 그만 됐어."

시서생은 그 말을 듣고 틈을 놓치지 않고 작별인사를 하고 육수보와 함께 나갔다. 장소촌은 내막을 모르니 속으로 불안해졌다. 게다가 홍선경의 흥을 깰까 봐 급히 계항배를 가져와 술을 가득 따르며 전심을 다해 신중하게 다섯 번을 했다. 오송교도 주인을 대신하여 홍선경에게 다섯 번을 더 청했다. 열 잔을 모두 비우자 기녀들도 대부분 떠나갔다. 양원원만 노름판을 지켜보려고 남아 있었다. 모두들 간단하게 죽을 먹고 술자리를 정리했다.

잠시 후 마작을 시작했다. 장소촌이 홍선경에게 물었다.

"한 번은 하실 수 있지요?"

"정말 못 하네."

오송교가 말했다.

"보면 하실 수 있을 겁니다."

홍선경은 곧바로 장소촌과 오송교 사이에 의자를 놓고 앉아 패가 돌아가는 양쪽을 번갈아 보았다. 양원원은 늘 그렇듯이 이학정 뒤에 앉았다. 장여보는 아편이 급해서 진소운에게 먼저 시작하라고 했다. 선을 정하려고 주사위를 던지니, 마침 소운이 선을 잡게 되었다. 소운은 시작 패[2]를 세워놓고 중얼거렸다.

"패가 왜 이 모양이야?"

세 사람은 어서 하나를 버리라고 재촉했다. 패 하나를 버리고 네댓 번 집어 들자 또 소운 차례가 되었다. 소운은 패 하나를 만지작거리며 미적미적 결정을 내리지 못하고, 갑자기 장여보를 불렀다.

"자네 와서 봐주게, 난 아무래도 못 하겠어."

여보가 탑상에서 벌떡 일어나 한걸음에 달려가서 보았다. 통패[3] 열네 장이 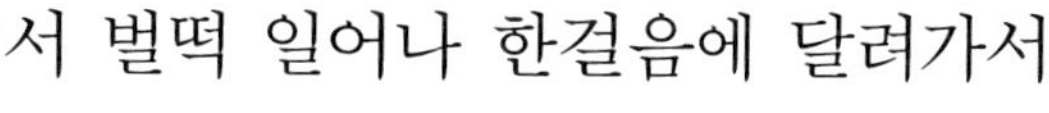 으로 된 청일색(青一色, 한 종류의 숫자 패)이었다. 여보는 이리저리 자리를 바꾸며 육통 한 장을 꺼내며 진소운에게 버리라고 했다. 그 바람에 세 사람 모두 청일색 패라는 것을 눈치챘다. 장소촌

이 말했다.

“사칠통이 아니면 오팔통이니까, 모두들 조심해.”

공교롭게도 소촌이 요통(幺筒)을 집었다. 마작 판에서 요통은 익숙한 패이기 때문에 아무렇지도 않게 버렸다. 그러자 진소운이 재빨리 소리를 쳤다.

“이겼다!”

자신의 패를 깔고 세 배로 계산하니 모두 팔십 점이었다. 세 사람이 산가지로 계산을 끝내자 장여보가 다시 평을 달았다.

“이 패는 육통을 버려야 하는 거잖아? 봐봐. 일사칠통, 이오팔통이잖아. 이길 수 있는 패가 몇 개나 돼.”

오송교가 곰곰이 생각하다 말을 꺼냈다.

“내 생각에는 칠통을 버렸어야 했어. 칠통을 버렸으면 칠팔통은 안 되지만, 일통부터 육통까지 맞잖아. 그러면 일통이 세 개에다, 이십이 점 세 배면 백칠십육 점이야. 계산해봐.”

장소촌이 말했다.

“자네 말이 맞네. 소운이 잘못 버렸어.”

장여보도 감탄했다. 이학정이 말했다.

“자네들이 이러쿵저러쿵 까다롭게 따지고 들면 누가 셈이라도 제대로 하려고 하겠어!”

그러고는 골패를 휘저어버렸다. 홍선경은 혼자 조용히 옆에서 이 패를 꼼꼼히 살펴보니 각자 나름대로 일리 있는 의견들이라는 생각이 들면서 또한 역시 마작은 쉽지 않은 것임을 알았다. 그래서 차라리 못 한다고 물리치고 '문외한'이 되는 것이 낫다고 생각했다. 다시 무심하게 보고 있다가 조용히 인사를 하고 갔다. 양원원 역시 한참 앉아 있다가 작별인사를 하고 돌아갔다.

패가 여덟 번 돌고 나니 이미 두 시를 넘기고 있었다. 오송교와 장소촌은 마계생을 생각해서 남고, 나머지 세 사람은 죽이 나오기 전에 인사를 하고 문을 나섰다. 이학정의 가마와 진소운의 인력거는 각자의 길로 앞서고, 장여보만 천천히 걸어서 서기반가 취수당으로 돌아갔다. 어둠 속을 손으로 더듬어 가며 문을 찾아 두드렸다. 여러 차례 두드리자, 육수림이 이층에서 먼저 듣고 창문을 열었다. 그리고 남자 하인을 불러 문을 열라고 하였다.

남자 하인은 장여보를 보고 황급히 성냥을 그어 남포등에 불을 붙이고 이 층으로 올라갈 수 있게 길을 비춰주었다. 여보가 계단 아래에 이르자 양가모가 눈을 비비며 실내화를 끌고 자빠지고 부딪혀가며 나왔다. 하인이 남포등을 양가모에게 건네주었다. 여보가 바로 하인에게 말했다.

"물은 끓일 필요 없으니, 자러 가."

남자 하인은 대답을 하고 갔다. 양가모가 이 층 수림의 방까지 안내해주었다. 여보가 양가모에게도 자러 가라고 하자 양가모는 잠시 머뭇거리다 내려갔다. 방 안에는 가스등이 모두 꺼져 있고, 화장대 위의 등불만 켜져 있었다. 육수림은 보석들을 모두 빼고 느긋하게 앉아 물담배를 피우고 있었다. 여보를 보자 물었다.

"마작에서 좀 땄어요?"

"조금. 왜 아직도 안 자고 있었어?"

"당신 기다리고 있었죠."

여보는 웃으며 고맙다고 말하고 마고자를 벗어 옷장에 걸었다. 수림은 물담뱃대를 건네주고 직접 연등에 불을 붙였다. 여보는 탑상으로 갔다. 배 모양의 유리사발에 아편이 보글보글 타고 있는 것을 보자 기분이 좋아져서 물담배는 내버려두고 우선 아편 갈증을 채우려고 탑상에 누웠다. 수림은 다시 소주산 비단으로 덮어둔 차주전자를 옮기며 물었다.

"차 마실래요? 아주 따뜻해요."

여보는 고개를 저었다. 아편을 피우고 나서 쇠꼬챙이를 수림에게 건네주었다. 수림은 왼쪽에 누워 여보 대신 아편을 떠서 담뱃대에 넣어주었다.

여보가 소변을 보려고 일어나 침대 뒤로 갔다. 갑자기 옆방에서 숨소리가 들려왔다. 그제야 시서생이 그곳에 있다는 사실을 알게 되었다. 그는 볼일을 보고 살금살금 방에서 나와 복도 유리창으로 들여다보았다. 그러나 불빛은 희미하고 연녹색 비단 휘장까지 쳐져 있어 전혀 보이지 않았다. 다만 나지막한 소리가 들려왔다.

"그래도 버틸 거야?"

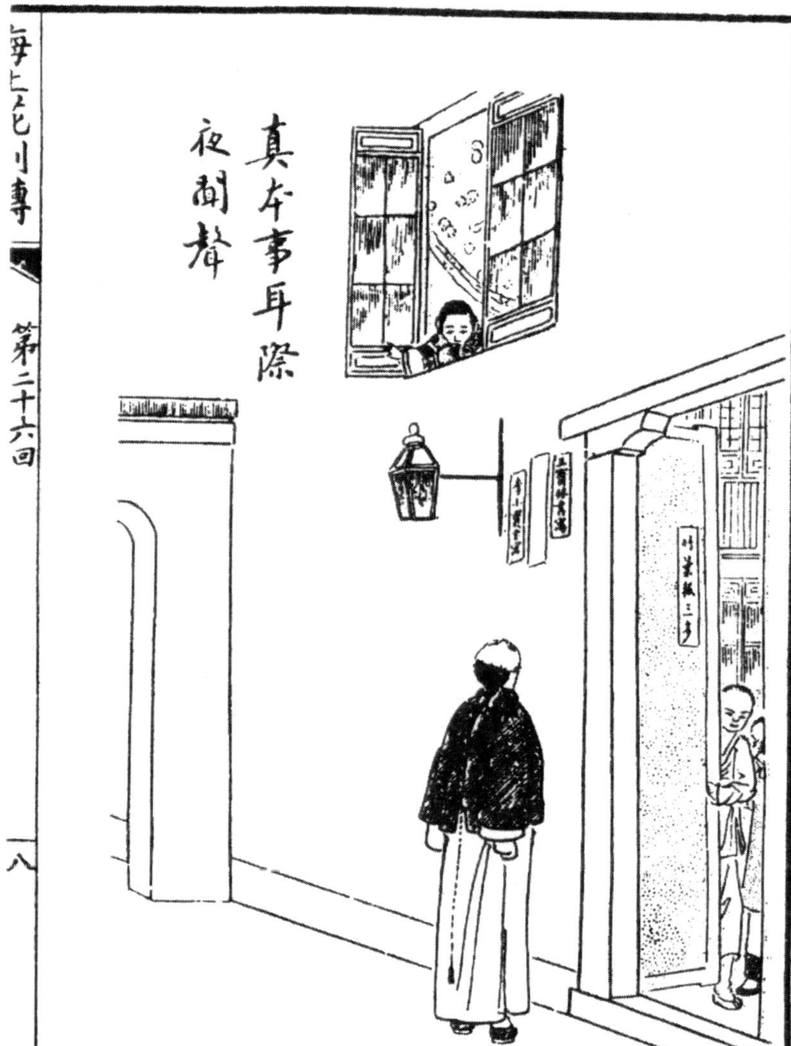
海上花列傳
第二十六回
一八
真本事耳際
夜聞聲

시서생의 목소리 같았다. 육수보도 한마디 했지만, 그 소리는 더 작아서 무슨 말인지 알아 들을 수 없었다. 시서생이 다시 말했다.

"네 입 한번 거칠구나! 이 조그만 계집애가 정말 싫다 이거지?"

여보는 이 말에 그만 '큭' 하고 웃었다. 방 안에서 낌새를 채고 조용히 말했다.

"그만해요! 밖에 누가 보고 있잖아요!"

그러나 시서생은 더 큰 소리로 말했다.

"그러면 보라고 해!"

그리고 밖에다 대고 물었다.

"보고 싶어? 보고 싶으면 들어와!"

장여보는 웃음을 꾹 참고 돌아섰다. 육수림은 아편을 다 넣고 기다리는데도 장여보가 한참 돌아오지 않았다. 금방 눈치를 채고 그녀도 살금살금 방에서 나와 여보의 귀를 불쑥 잡아당기며 방문까지 끌고 가서 방으로 힘껏 밀어 넣었다. 하마터면 여보는 넘어질 뻔했다. 그리고 '꽝' 하고 문 닫는 소리와 함께 육수림은 아예 방문을 걸어 잠갔다. 여보는 혼자 배를 움켜쥐고 입을 가려보았지만 웃음을 참을 수 없었다. 수림은 정색을 하며 나무랐다.

"당신같이 꼴사나운 사람도 드물 거예요!"

여보는 이를 씩 드러내며 웃었다. 그리고 양손으로 그녀를 잡아 탑상으로 끌어당기며 옆에 앉혔다. 그리고 엿들은 둘의 대화를 말해주면서 상상을 덧붙여가며 상황을 흉내내었다. 수림은 고개를 돌리며 화난 체했다.

"듣고 싶지 않아요."

여보는 흥이 싹 가셔서 드러누워 아편을 피웠다. 그리고 웃음기를 거두고 다시 수림과 이야기를 나누었다. 조금씩 수보 이야기로 옮겨져 갔다. 여보가 뜻하지 않게 시서생을 칭찬했다.

"어쨌든 좋은 손님이야."

수림은 손을 내저었다.

"시 씨 그 사람 성질은 안 좋아요. '석회베자루'[4] 같다고나 할까! 지금은 사귄 지 얼마 안 돼서 사이가 좋아 보이지만, 조금만 가까워지면 금방 싫증을 내고 오지 않을걸요."

"그것도 어떻게 알겠어. 두 사람 모두 능력이 좋으니까, 절대 떨어질 수 없을 거야. 시 씨 그 사람이 다른 기녀를 사귀려고 해도 좀 떨어진다 싶은 기녀는 시 씨가 견디질 못할걸."

수림은 눈을 동그랗게 뜨고 성질을 내며 말했다.

"당신 또 그 이야기예요!"

수림은 물담뱃대를 들고 일어나 자리를 옮겨버렸다.

여보는 아편을 두어 번 더 피우고 연등을 껐다. 찻주전자를 원래 있던 화장대로 옮겨놓고 신발을 벗고 침대에 올라앉았다. 시계를 보니 네 시였다. 여보는 고개를 끄덕이며 수림에게 오라고 손짓을 했다. 그러나 수림은 모르는 체했다. 그러자 여보가 버럭 소리를 질렀다.

"물담배 피울 거라고!"

수림은 예상치 못한 반응에 깜짝 놀라서 황급히 물담배를 주며 차분하게 말했다.

"사람들이 이제 잠들었는데, 이렇게 소란스럽게 하면 욕 들어요!"

여보는 아무 변명도 없이 웃으며 수림의 목을 껴안고 귀에 대고 속삭였다. 그 말에 수림은 웃으면서도 화를 냈다.

"당신 정신 나갔어요?"

수림은 물담뱃대를 여보 쪽으로 내팽개치고 안간힘을 다해 그에게서 벗어나 침대 뒤로 갔다. 여보는 물담배를 피우고 있다가 수림이 혼자 낄낄거리는 웃음소리를 들었다. 여보가 물었다.

"왜 그래?"

수림은 대답은 하지 않고, 볼일을 보고 침대 앞으로 오면서도 여전히 웃고 있었다. 여보는 물담뱃대를 내려놓고 점잖게 그 이유를 물었다. 수림은 말하려다가도 금방 또 웃었다. 그리고 나직하게 말했다.

"아까 당신이 못 들어서 그렇지, 정말 짜증났을 거예요! 내가 경운리로 나갔다가 양가모와 이야기를 나누며 돌아왔는데, 수보 방 안에서 유리창에 뭔가가 부딪히는 소리가 나잖아요.

수보가 아래층에 있는 줄 알고 양가모에게 다급하게 '양가모, 빨리 가봐.'라고 말했더니, 글쎄 양가모가 갔다가 돌아와서 하는 말이 '재수 없어, 방문까지 잠가놓고 말이야!'라고 하잖아요. 그래서 '들어가 봤어?'라고 하니까, '뭐 하러 들어가 봐요, 부서졌으면 그 사람한테 배상하라고 하면 되죠.'라고 하더군요. 방금 이 일이 생각났지 뭐예요. 양가모가 아래층으로 자러 내려간 후 나 혼자 오관놀이를 하고 예닐곱 번 아편을 피우고 몇 시간이 지났을까, 다시 유리창 쪽에서 소리가 들리잖아요. 정말이지 내 이 두 귀를 찢어버리고 싶었다니까!"

여보는 웃으며 가만히 듣고 있었다. 수림의 말이 끝나자, 두 사람은 몸을 가누지 못할 정도로 웃었다. 여보가 갑자기 수림의 귀에 대고 몇 마디 속삭이자 수림은 웃으면서도 화를 냈다.

"정말 당신에게는 무슨 말을 못해!"

여보는 급히 사과를 했다. 그때 날이 점점 밝아왔다. 장여보와 육수림은 정리를 하고 잠자리에 들었다.

다음 날 아침, 여보는 생각하고 있는 일이 있어서 일곱 시를 알리는 자명종 소리에 깨어났다. 수림에게는 더 자라고 하고 혼자 먼저 자리에서 일어났다. 여자 하인이 세숫물을 길어오자 여보는 양가모가 왜 보이지 않느냐고 물었다.

"손녀가 불러서 갔어요."

여보는 더 이상 묻지 않고, 얼굴을 대충 닦고 취수당을 나섰다. 동쪽 모퉁이를 돌아 주금리 상발 복권가게로 갔더니, 진소운도 막 일어나 있었다. 그는 여보를 이 층으로 올라오라고 하고 인사를 나누었다. 소운은 너무 이른 시간이어서 의아해했다. 여보가 말했다.

"자네에게 부탁할 일이 있네. 듣자니 제운수가 상해에 있다고 하던데."

"제운수와는 몇 번 술자리만 같이했지, 잘 알지는 못해. 지금 여기에 있는지도 몰라."

"어디 아는 사람에게 물어볼 수 있을까, 거래를 좀 하려고 그래."

소운이 한참 생각하다 말했다.

"갈중영과 이학정이 친분이 있는데, 쪽지를 써서 부탁해보겠네."

여보는 기뻐하며 고마움을 표했다. 소운은 바로 짧은 편지를 써서 집사 장복을 불러 하나는 덕대 전장에 보내고 또 하나는 장안 객잔에 보내라고 하면서, 모두 집에 없으면 오설향과 양원원 두 집으로 다시 보내라는 말도 덧붙였다.

장복은 연신 '예, 예' 하고 대답을 하며 편지를 받아 들고 문을 나섰다. 그곳에서 가장 가까운 곳으로 가는 편지를 골라 동합흥리 오설향의 집으로 가서 갈중영을 찾았다. 갈중영은 정말 그곳에 있었다. 다만 아직 일어나지 않아서 편지만 주고 나왔다. 다시 상인리로 가려고 하는데, 마침 사마로에서 이학정의 집사 광이를 만났다. 장복은 편지를 전달하는 중이라는 말을 했다. 그러자 광이가 말했다.

"내게 주게."

장복은 편지를 꺼내 광인에게 주면서 물었다.

"지금 어디에 가나?"

"일도 없고 해서 놀러 가."

"반삼한테 가서 잠깐 앉았다 올까?"

광이는 주저하며 말했다.

"난처한데."

"서무영은 안 갔을 거야. 갔다고 해도 난처할 게 뭐 있어."

광이는 미소로 대답하고 방향을 바꾸며 장복과 함께 갔다. 석로 입구에 다다랐을 때, 이실부가 혼자 석로 아래로 내려와 서쪽으로 가고 있는 것을 보았다. 광이는 의아하게 생각되었다.

"넷째 나리께서 여기서 뭐 하고 계시지?"

"친구를 찾는 모양이지."

"그런 것 같지는 않는데."

"우리 따라가 보자."

두 사람은 함께 몸을 숨기며 바짝 따라붙었다. 이실부는 대흥리에서 계속 들어갔다. 장복과 광인은 골목 입구에서 염탐을 했다. 실부가 골목 안쪽 모퉁이 석고문 앞에 멈춰 서서 문을 두드렸다. 그러자 어떤 노파가 웃음을 띠고 그를 맞이하였고, 그가 들어서자 바로 문을 잠갔다. 장복과 광인도 골목으

假好人眉鬪春動色
申
大興里

로 따라 들어가 살펴보았지만 도무지 누구의 집인지 알 수 없었다. 문틈으로 들여다봐도 전혀 보이지 않았다. 뒤로 몇 걸음 물러나 벽 너머를 올려다봐도 녹색 유리 창문이 흐릿하여 잘 보이지 않았다.

이리저리 맴돌고 있는데, 갑자기 홍안녹빈의 어린 창녀가 이 층 창문을 열고 몸을 빼고 고개를 숙였다. 마치 아래층 사람과 이야기하는 것 같았다. 그 창녀 뒤에 이실부가 서 있었다. 광이는 그를 보고 장복을 잡아당기며 급히 몸을 돌렸다. 그런데 문이 열리는 소리와 함께 사람이 나왔다. 장복과 광이는 성큼성큼 골목 입구까지 걸어가서 조용히 서서 기다리고 있었다. 나오는 사람이 누군가 하고 봤더니 바로 그 노파였다. 광이는 멋쩍어하였지만 장복은 무턱대고 노파에게 물었다.

"당신 아가씨 이름이 뭐요?"

노파는 두 사람을 아래위로 훑어보며 기분 나쁜 표정으로 대답했다.

"무슨 아가씨! 쓸데없는 소리 마!"

이렇게 대답하고는 가버렸다. 장복은 대꾸는 하지 않았지만, 몇 마디 구시렁거렸다. 광이가 말했다.

"여염집 사람인가 봐."

"아니. 분명 창녀일 거야. 만약 여염집 사람이라면, 그 노파가 엄청 욕을 퍼부었겠지."

"창녀라면 아가씨라고 불러도 괜찮겠네."

"자네 넷째 나리가 돌봐주고 있다면 일은 안 하겠지. 안 그래?"

"돌봐주든 말든 우리는 반삼에게나 가지."

그리고 두 사람은 길을 꺾어 돌아서 동쪽 거안리로 갔다. 반삼의 집은 문이 열려 있었다. 한 아주머니가 마당에서 문 쪽으로 다리를 뻗고 빨래를 하고 있었다. 두 사람이 들어오자 아주머니는 장복을 알아보고 웃으며 맞이했다.

"장 도련님, 위층으로 올라가세요."

광이는 손님이 있는 것을 알고 말했다.

"우리는 나중에 다시 올게."

아주머니는 그의 말을 듣고 황급히 손에 묻은 물을 털며 치마에 닦고 두 사람을 붙잡고 놓아주지 않았다. 장복이 조용히 물었다.

"손님이 혹시 무영 아닌가?"

"아니에요. 곧 갈 거니까, 위층에서 잠깐 앉아 계세요."

장복은 광이에게 어떻게 할지 물었다. 광이는 내키지 않았지만 마지못해 장복의 뜻을 따라 함께 위층으로 올라갔다. 광이는 방에 가구들이 잘 갖추어진 것을 보고 누가 기거하는지 물었다. 장복이 말했다.

"여기는 반삼 혼자 지내는 방이야. 또 몇 사람은 여기에서 지내지는 않지만 손님이 있으면 여기로 불러와."

광이는 그제야 여기가 매음굴이라는 것을 알았다. 잠시 뒤

아주머니가 담배와 차를 올렸다. 장복은 그녀를 불러 세워 물었다.

"손님이 누구야?"

"홍구에서 온 양 씨라고, 일곱 시에 왔으니까 지금 갈 거예요. 그 사람들이야 일이 많아서 이레나, 여드레에 한 번꼴로 와요. 중요한 사람들이 아니에요."

장복은 무슨 일을 하는지 물었다.

"무슨 일을 하는지는 잘 몰라요."

바로 이때 반삼도 천천히 이 층으로 올라왔다. 머리는 헝클어져 있고, 속곳만 입고 실내화를 질질 끌고 왔다. 아주머니를 먼저 내려보내고, 직접 연등에 불을 붙여 아편을 권했다. 광이는 순순히 아편침대에 누웠지만 장복은 반삼을 뚫어져라 보며 낄낄거렸다. 반삼은 기분이 나빠졌다.

"왜 웃어요?"

장복이 정색을 하며 말했다.

"네 얼굴이 지저분해서 웃었어. 나중에 세수할 때 잊지 말고 서양비누로 깨끗하게 씻어."

반삼은 고개를 돌리며 무시했다. 광이는 곧이곧대로 믿는 사람이라서 일어나서 보았다. 장복은 손으로 가리키며 말했다.

"봐봐, 맞지? 왜 얼굴이 지저분한지 모르겠네, 이상하네!"

광이가 껄껄 웃으며 동조했다. 반삼이 말했다.

"광이 도련님도 저 사람에게 속았어요. 저 사람 입이 입이에요?"

장복이 펄쩍 뛰며 말했다.

"네가 직접 거울 가져가서 봐, 내 말이 틀렸나!"

광이가 말했다.

"아마 머리 털실 끈 색깔이 바래서 그런 거 아니야?"

반삼은 그 말을 듣고 내려가려고 했다. 그때 아주머니가 큰 소리로 그들을 불렀다.

"아래로 내려오셔서 앉으셔요."

장복과 광이는 반삼과 함께 아랫방으로 갔다. 반삼은 급히 손거울을 들어 얼굴을 비춰보았다. 그런데 얼굴에는 티끌 하나도 없었다.

"광 도련님, 당신은 착한 사람이라고 생각했었는데, 당신도 나쁜 걸 배웠군요. 날 속여요!"

장복과 광이는 손뼉을 치고 발을 동동 구르며 자빠질 정도로 깔깔 웃었다. 반삼도 더 이상 참지 못하고 웃었다. 장복은 웃음을 거두고 다시 말했다.

"난 거짓말하지 않았어. 자네 얼굴은 아주 더러워. 안 보여서 그렇지. 수건으로 잘 닦아봐, 정말이야."

"당신 입도 닦아야죠."

광이가 말했다.

"우리는 정말 깨끗해. 네 얼굴이 더러우면 입도 더러울걸."

"광 도련님, 저 사람들을 배우려 하나 본데, 저런 사람들은 정말로 나빠요. 저 사람들 말을 잘한다고 생각하죠? 그것도 뭐 그렇게 대단한 게 아니에요. 저 사람들 못돼도 정말 못됐어요."

장복이 말했다.

"이 여자 말하는 거 봐, 콧구멍이 두 개라서 다행이지, 안 그랬다면 숨 막혀 죽었을 거야!"

세 사람은 말싸움을 하며 웃었다. 아주머니가 물주전자를 가져와 세숫대야에 붓자, 반삼은 얼굴을 씻고 머리를 감았다.

시간은 이미 정오가 다 되었다. 장복이 집으로 가서 밥을 먹으려고 하자 광이 역시 마지못해 함께 나갔다. 반삼은 광이의 소맷자락을 잡으며 말했다.

"나중에 다시 오세요."

장복은 그 광경을 보지 못하고 말만 듣고 대충 대답을 하고 광이와 함께 그곳을 나왔다.

---

1 절강성 연해의 도시

2 起牌 : 마작에서 최초로 분배된 13개의 패

3 筒牌 : 점 모양으로 된 숫자 패의 하나

4 베자루에 석회를 담으면 곳곳에 흘리게 되어 흔적을 남긴다. 도처에 악명을 남기거나 가는 곳마다 살림을 차리는 것을 비유한다.

27

취객은 목구멍이 비도록 토하여 환락가를 휘저어놓고, 고기를 구울 만큼 뜨거운 창녀의 손은 성병임을 증명하다

攪歡場醉漢吐空喉 證孽冤淫娼燒炙手

장복과 광이는 같이 사마로 상인리에 갔다. 장복은 상황을 보고하기 위해 상발 복권가게로 가고, 광이는 골목 안 양원원의 집으로 가서 주인 이학정이 일어났는지를 물었다. 이학정이 일어나긴 했으나 세수를 하지 않았다고 하여 들어가질 못했다. 남자 하인이 광이를 뒤쪽 주방 휘장 안으로 불렀다. 하인은 소흥주 한 병을 데우고 생선과 고기 요리까지 차린 밥상을 차려주었다. 배불리 먹은 광이는 성저가 상을 들고 양원원의 방으로 가는 것을 보고, 그 뒤를 쫓아가 대신 말을 전해달라고 부탁했다.

잠시 후, 그를 부르는 소리를 듣고 들어가 보니, 이학정은 양원원과 마주 앉아 반주를 기울이고 있었다. 광이가 진소운의 편지를 올리자, 학정은 읽고 나서 내려놓았다. 광이는 물러났다. 식사를 마치자 가마꾼도 와서 기다렸다. 광이는 무슨 일인지 성저에게 몰래 물어보았다. 성저가 말했다.

"마차 타러 간다고 들었어요."

광이는 하는 수 없이 멍하게 앉아 기다렸다. 그러나 세 시가 지나도록 마차를 부르지 않았다. 바로 그때 뜻밖에 요계순이 가마를 타고 일부러 이학정을 찾아왔다. 학정은 필시 일이 있어서 온 것이라고 생각하고 요계순을 양원원의 방으로 청해 마주 앉아 한담을 나누었다. 요계순은 이런저런 이야기만 하고 특별한 이야기는 꺼내지 않았다. 학정은 참다못해 무슨 일로 왔는지 단도직입적으로 물었다. 계순은 아무 일 없다고 손사레를 치며 오히려 학정에게 물었다.

"무슨 일 있나?"

학정도 아무 일 없다고 말했다.

"그러면 위하선한테 가서 차 마시는 거 어떤가?"

학정은 그 뜻을 모르고 별생각 없이 대답했다. 양원원은 옆에서 눈치를 채고 '킥' 하고 웃었다. 계순은 굳이 웃는 이유를 묻지 않고 학정에게 마고자를 입으라고 재촉했다. 위하선의 집은 아주 가까워서 두 사람은 가마를 타지 않고 나란히 걸어서 갔다. 문을 들어서자 여자 하인 한 명이 그들을 맞이하며 웃으며 말했다.

"둘째 도련님, 요 며칠 왜 안 오셨어요?"

계순은 웃기만 하고 학정과 이 층으로 바로 올라갔다. 위하선도 웃으며 그들을 맞이했다.

"아유! 둘째 도련님! 요 며칠 '순포방'에 갇혔다가 오늘 풀려나셨어요?"

계순은 빙긋이 웃기만 하였다. 학정은 이상해서 그 까닭을 물었다. 하선은 웃으며 계순을 가리켰다.

"순포에게 며칠 잡혀 있었는지 직접 물어보세요."

학정은 일전의 요 부인의 일을 들었던 터라, 그제야 이유를 알고 웃었다. 모두 자리에 앉자, 하선이 계순 곁에 바짝 붙어 조용히 물었다.

"당신 부인이 저를 욕했죠? 그렇죠?"

"누가 자네를 욕했다고 그래?"

위하선은 콧방귀를 끼며 말했다.

"거짓말하지 말아요! 당신 부인이 욕했다고 해도 괜찮아요. 당신도 당신 부인 옆에서 같이 욕하면서 거들었잖아요? 다 알아요!"

"쓸데없는 소리 하고 있네, 내가 무슨 욕을 했다는 거야?"

"당신 부인이 여기서 줄곧 욕만 하다 갔는데, 집에서 욕을 안 했겠어요?"

"여기에 욕하러 온 게 아니었어. 내가 중요한 일로 오송(吳淞)[1]에서 한 사흘 있었지. 집에서는 아무것도 모르고, 내가 여기 있다고 하니까 물어보러 온 거야. 내가 돌아오고 나서 오송에 있었다고 하니까, 너와 아무 상관이 없다는 것을 알고 별말 없었어."

"욕하러 온 게 아니었다고요? 당신 부인이 이곳에 들어서자마자 얼굴에 날을 세워 으르렁거리며 아래층에서 위층까지 소란을 피우며 올라왔는데, 그게 욕하러 온 게 아니면 뭐겠어요?"

"그만해, 자네에게 욕을 듣고 한마디 대꾸도 못했잖아, 그러니 자네도 기분 풀어."

"솔직히, 당신 부인인데, 전들 잘못하고 싶겠어요? 여기로 찾아와 트집 잡으니 저도 별수 없잖아요. 그래서 한두 마디 했는데, 제가 잘못했어요?"

"아니, 잘했어. 내가 오히려 자네에게 감사해야지. 안 그랬다면 그 사람은 자기에게 무례하게 대할 사람이 없다는 걸 알고 다음에도 내가 술 마시는 곳마다 들이닥칠 거야. 그러면 정말 난처해."

하선은 사실 속 시원해질 때까지 욕을 하고 싶었다. 그러나 그가 이렇게까지 말하고 또 이학정이 옆에 있어서 그의 체면을 생각해 더 이상 말을 하지 않았다. 그러다 한참 뒤에 '둘째 도련님' 하고 부르며 냉정한 어조로 말했다.

"제가 당신에게 드리고 싶은 말은 당신이 너무 신경을 많이 쓴다는 거예요! 집에서는 부인과 잘 지내야 되니까 저에 대해

험담을 하실 거고, 여기에 오면 부인이 잘못했다며 저에게 한 두 마디 해야 하잖아요. 당신처럼 이렇게까지 신경을 쓰면 너무 고달프지 않겠어요?"

이 몇 마디의 말에 요계순은 정곡이 찔려서 말도 못하고 조용히 있었다. 이학정은 상황을 살피며 일부러 다른 이야기를 꺼내려고 하였다. 그래서 요계순에게 물었다.

"제운수 아는가?"

"몇 번 술자리를 같이 해서 조금 알지. 지금 상해에 있는지 모르겠네."

"여기 있다고 들었는데, 나는 만나질 못했네."

그때 위하선이 간식을 주문하라고 했다. 요계순은 대충 두 가지를 주문하고, 이학정과 함께 먹었다. 하선은 다시 학정에게 아편을 권했다. 날이 점점 저물어가자, 광이가 가마를 대령하며 초대장 하나를 올렸다. 학정이 보니 주소화가 공양리 우여의에 초대하는 것이었다. 도박 자리라는 것을 알고 계순에게 물었다.

"기분 좋게 놀아볼까?"

계순은 못 한다고 사양했다. 학정은 광이에게 따라올 필요 없으니 객잔으로 돌아가 방을 지키라고 했다.

"넷째 나리께서 만약 나를 찾으시면 양원원 집에 있다고만 해."

광이는 '예' 하고 대답했다. 그리고 이학정은 요계순에게 인사를 하고 위하선의 집을 나섰다. 광이는 문 앞까지 따라 나서며 학정이 가마를 타고 멀리 가는 것을 보고 나서야 혼자 석로장안 객잔으로 돌아갔다. 그리곤 저녁을 먹고 나서 넷째 나리가 돌아오지 않은 틈을 타서 방문을 걸어 잠그고 혼자 사마로 거안리 반삼의 집으로 갔다. 동물모양 문고리를 가볍게 쳤다. 아주머니가 대답을 하고 문을 열어주었다. 광이는 다른 손님이 없다는 것을 알고 기분이 좋아져서 머리를 숙이고 방으로 쏙 기어들어 갔다.

반삼은 의자에 누워 아편을 피우고 있었다. 들어오는 손님이 광이라는 것을 알고는 일부러 눈을 감고 잠에 푹 빠진 척했다. 광이는 조용히 앞으로 다가갔다. 그리고 모로 누우며 반삼 위로 올라가 먼저 입을 맞추었다. 반삼은 여전히 모르는 체했다. 광이는 손으로 온몸 구석구석을 더듬었다. 반삼은 더 이상 참지 못하고 눈을 번쩍 뜨며 웃었다.

"당신, 왜 이래요?"

광이는 마냥 기분이 좋아서 해명은 하지 않고 아편 소반을 밀치고 얼굴을 바짝 붙이면서 물었다.

"서무영이 정말 왔어?"

"오건 말건 당신과 무슨 상관이라고 물어요?"

"그러면 안 되지."

"솔직히 말해줄게요. 내 손님은 하 씨예요. 하 씨가 서 씨를 데리고 왔고, 서 씨가 당신을 데리고 왔잖아요. 나한테는 다

같은 손님인데, 왜 안 된다는 거예요?"

광이가 손으로 주물럭거리며 몸을 맞출 준비를 하고 있을 그때, 갑자기 '탕탕' 문 두드리는 소리가 났다. 아주머니가 안에서 큰 소리로 물었다.

"누구시우?"

"나야!"

서무영 목소리 같았다. 광이가 깜짝 놀라 일어나며 숨으려고 했다. 반삼이 잡아당기며 말했다.

"왜 이래요?"

광이가 손을 내저으며 말했다.

"안 돼, 안 돼!"

그는 필사적으로 빠져나와 살금살금 이 층으로 올라갔다. 이 층은 어두컴컴해서 손으로 더듬어가며 교의를 찾아 앉았다. 그리고 귀를 벽에 바짝 대고 가만히 들었다. 아주머니가 문을 열어주고 보니, 서무영 한 사람뿐이었다. 그는 이미 술에 흥건히 취해 문 앞에서 토하고 비틀거리며 방으로 들어갔다. 반삼은 성난 목소리로 말했다.

"어디서 실컷 술 마시고 여기에 와서 술주정을 하려는 거예요!"

서무영은 한마디도 못했다. 아주머니는 그를 달래며 뜨거운 차를 따라주었다. 무영이 아편을 피우려고 하자 반삼이 말했다.

"아편 여기에 있으니 당신이 알아서 피워요."

"좀 채워줘 봐."

"술은 다른 곳에서 마실 줄 알면서 아편 채울 줄은 몰라요?"

무영은 벌떡 일어나며 소리를 쳤다.

"광대 따위와 붙어먹는 주제에 나를 싫어해?"

반삼도 소리쳤다.

"누가 당신을 싫어해요? 내가 광대와 붙었다고 한들 당신이 날 참견할 이유가 있어요?"

무영은 자기도 모르게 웃음이 나왔다. 광이는 위층에서 서 무영의 상황을 살펴보니, 좀체 돌아갈 것 같지 않았다. 그래서 몰래 피하는 게 상책이라고 생각되어 살금살금 이 층 계단을 내려가 뒤쪽 주방으로 돌아 들어갔다. 그리고 조용히 아주머니에게 말했다.

"갈게."

아주머니는 깜짝 놀라며 광이의 옷자락을 붙잡으며 말했다.

"가지 말아요!"

광이가 조급하게 말했다.

"내일 올게."

아주머니는 손을 놓지 않고 말했다.

"안 돼요! 가면 아가씨에게 한 소리 들어요."

"그러면 아가씨를 불러와, 내가 말할게."

아주머니는 그의 속임수도 모르고 정말로 반삼을 부르러

攪歡場醉漢
吐空喉
海上花列傳
第二十七回
十五

갔다. 광이는 그 사이 마당으로 슬그머니 빠져나와 빗장을 열고 뛰쳐나갔다. 그런데 하필이면 서무영이 토한 토사물을 밟고 비틀거리다 넘어지고 말았다. 그래도 얼른 일어나 뒤도 돌아보지 않고 장안 객잔으로 돌아왔다. 객잔의 사환이 두 장의 초대장을 전해주었다. 광이가 보니 진소운이 내일 동안리 김교진의 집으로 두 명의 주인을 초대하는 것이었다. 그다지 중요하지 않아 그대로 보관해두었다. 큰 도련님은 도박하느라 밤을 샐 것이고, 넷째 나리는 신혼의 기쁨을 누리느라 돌아오지 않을 것이라고 생각하고, 광이는 문을 잠그고 잠을 청했다.

광이는 반삼과 잘되려는 순간 하필 그 원수 놈을 만나 깨진 것을 생각하니 밤이 더욱 처량해졌다. 또 큰 도련님이 엄청난 돈을 양원원의 몸에 쏟아 부어도 양원원은 반삼만큼도 살갑지 않고, 넷째 나리가 그 창녀를 싸게 낚아채 지금 얼마나 즐기고 있을까 하는 생각에 몸을 이리저리 뒤척이며 잠을 이루지 못했다. 골똘히 생각하니 분노가 일어났다. 또 분노가 치밀어 오르니 질투심이 발동했다.

"넷째 나리가 뒤에서 몰래 재미를 보고 있는데, 내가 비밀을 확 터뜨려버린다고 해도 날 어쩌겠어!"

광이는 결심했다.

다음 날 이른 아침, 광이는 일어나 세수를 하고, 머리를 땋고, 간식을 먹었다. 아홉 시가 되자 진소운의 초대장을 들고 사마로 서쪽 대흥리로 향했다. 모퉁이를 돌아 석고문 앞에 서서 다시 한 번 마음을 먹고 대담하게 문을 두드렸다. 문을 열고 나오는 사람은 바로 어제 만났던 그 노파였다. 광이를 보자마자 화를 내며 물었다.

"뭐하시게?"

광이는 카랑카랑한 목소리로 말했다.

"넷째 나리 여기에 계신가? 큰 도련님이 나에게 들러보라고 하셨네."

그 노파는 '넷째 나리'라는 말에 깜짝 놀라며 더 이상 무례하게 대하지 못하고 광이에게 기다리고 했다. 노파는 급히 이층으로 올라가 낮은 목소리로 이실부에게 아뢰었다. 실부는 아편을 피우고 있다 아직 취하기도 전에 제삼저의 말을 듣고는 믿기지가 않았다. 그래서 직접 제삼저와 함께 아래층으로 내려가 보았다. 광이가 앞으로 나와 '넷째 나리' 하고 인사를 하며 진소운의 초대장을 올렸다. 실부는 민망하여 초대장은 안중에도 없이 웃으며 광이에게 물었다.

"내가 여기 있는지 어떻게 알았느냐?"

광이가 대답하기도 전에 제삼저가 옆에서 손뼉을 치며 웃었다.

"어제도 이 사람이 나리 따라 왔는데, 모르셨어요?"

제삼저는 또 광이를 가리키며 낄낄 웃었다.

"어제 내가 욕 안 한 게 다행이네요. 당신 말이 이상했지만, 어쨌든 우리를 아는가 보다 했지요. 안 그랬으면 당신 따귀를 날렸겠죠."

이실부도 겸연쩍게 웃으며 초대장을 받아 들고 이 층으로 올라갔다. 광이는 잠시 기다렸다 물러가려고 했다. 그러자 제삼저는 재빠르게 말했다.

"오셨는데, 어째 가시려고요? 잠시 앉아봐요."

제삼저는 광이의 팔을 잡고 응접실로 억지로 끌고 와서 교의에 앉혔다. 그리고 물담뱃대를 가져와 올리고 차를 따르며 광이와 이런저런 이야기를 나누며 친밀하게 대했다. 광이도 장사가 어떤지 물었다. 이에 제삼저는 광이 곁으로 바짝 다가와 조용히 말을 늘어놓았다.

"처음부터 이 일을 했던 게 아니었다우. 올해 어떤 사건이 있었는데, 그 일로 어려워져서 이 일을 하게 된 거지. 장사를 시작하고 첫 손님이 넷째 나리신데, 어쨌든 우리가 운이 좋은 거라고 생각해요. 넷째 나리는 점잖으시고, 화려한 겉치레 자리는 좋아하지 않으셔요. 여기처럼 정직하고 깨끗한 곳이야말로 넷째 나리와 어울리죠. 그런데 넷째 나리께서 손님이 되고 나서 다른 사람들이 장사가 잘된다고 질투를 해서 나리 들으라고 이런저런 험담을 하고 있어요. 이곳은 정직한 곳인데도 다른 사람들은 우리가 속인다고 말하고, 깨끗한 곳인데도 더럽다고 말들 하죠. 이런 말들을 들으면 정말이지 화가 납니다. 지금이야 넷째 나리께서 아직 그 사람들 말을 듣지 않았지만, 우리는 그래도 불안해요. 만에 하나 넷째 나리께서 그 사람들 말을 듣고 안 오시면, 다른 손님은 없는데, 우리는 굶어 죽으라는 거예요? 그래서 광이 도련님께 부탁드릴 게 있어요. 넷째 나라께 절대 다른 사람들 말은 듣지 말라고 해주세요. 광이 도련님 말이라면 우리가 하는 것보다 낫잖아요."

광이는 진짜 속셈은 모르고 그러겠다고 대답했다. 한참 이야기를 하고 나서 광이는 일어나 가려고 했다. 제삼저는 문 입구까지 그를 바래다주면서 말했다.

"일 없을 때 놀러 오셔요."

광이는 그러겠다고 대답을 하고 떠나갔다.

제삼저가 문을 잠그고 돌아와 평상시대로 이실부에게 요리를 주문해달라고 했다. 제십전은 실부와 함께 먹더라도 음식을 가려서 식당 요리는 먹지 않고 별도로 채소 요리를 시켜 먹었다. 식사를 마친 후 이실부는 평소대로 아편을 피우러 화우루로 갔다.

종업원은 일찌감치 침대 하나를 마련해놓고 담뱃대에 아편을 채워놓고 있었다. 실부가 아편을 한참 피우고 있는데, 계속 손님들이 몰려와 잠시 후 자리를 꽉 메웠다. 그래도 계속 사람들이 끊이지 않고 들어왔다. 그 사이 곽노파가 실눈을 하고 더듬으며 들어왔다. 실부를 한 번 만난 것으로 그를 잘 안다고 생각하고 더듬어가며 아편 침대 앞으로 다가왔다. 그리고 눈웃음을 지으며 '넷째 나리' 하고 불렀다.

"십전에게 가셨죠?"

실부는 고개만 끄덕였다. 종업원이 곽노파가 말을 거는 것을 보고 달려와 아편침대 아래쪽에 앉아 째려보았다. 곽노파는 냉소를 짓고 고개를 숙이고 그곳을 떠나갔다. 종업원도 누워 아편 불을 붙여주며 물었다.

"어디에서 곽노파를 알았습니까?"

"제삼저 집에서 봤어."

"제삼저도 나쁜 사람이에요. 그런 버러지 같은 사람들은 더 이상 알려고 하지 마세요. 그 나이에 시력은 잃었어도 수완 하나는 대단해요. 정말로 좋은 사람이 아니랍니다!"

실부가 웃으며 그 까닭을 물었다.

"작년에 영파 집안 귀한 따님을 꾀어서 조계지에서 일하게 했다가 현에 붙잡혀서 곤장 이백 대를 맞고 감옥에 갇혔죠. 누가 말해줬는지 모르지만 최근에 감옥에서 풀려 나왔어요."

실부는 그런 추악한 사건이 있을 거라고 생각지도 못하였던 터라 개탄을 금치 못했다. 종업원은 아편을 끓이고 나서 실부에게 주고 다른 아편침대로 접대하러 갔다. 실부의 상자 속 아편이 다 되어가자 아편 손님도 점점 드문드문해졌다. 그도 그 무리를 따라 그곳을 떠나갔다. 그는 김교진의 집에서 열리는 술자리에도 가지 않고, 장안 객잔에도 돌아가지 않고 제십전의 집으로 갔다.

이실부는 제십전과 사귄 후부터 닷새를 묵었지만 비밀로 하고 있었다. 그러나 오늘 광이가 보았기 때문에 더 이상 비밀

일 수 없었다. 그래서 아예 열흘 동안 돌아가지 않고 지냈다. 광이만 매일 한 번씩 살피러 왔다. 한번은 우연히 제십전을 보게 되었는데, 얼굴이 붉고 눈 주위가 검었다. 광이는 그 모습을 아주 이상하게 여겼다. 그래서 몰래 주인 이학정에게 일러바쳤다. 학정은 믿으려 하지 않았다.

이날은 사월 초로 날씨가 갑자기 더워졌다. 이실부가 마침 화우루에서 돌아와 아직 자리에 앉기도 전에 문을 여는 소리가 들렸다. 다름 아닌 광이가 아뢰었다.

"도련님이 오셨습니다."

제삼저는 이 말을 듣고 당황하여 실부의 의중을 물으려고 하는데, 이학정이 벌써 성큼 대문을 들어섰다. 제삼저는 마지못해 웃으며 앞으로 나와 그를 맞이했다.

"넷째 나리께서는 이 층에 계십니다."

학정은 광이에게 응접실에서 기다리라고 하고 이 층으로 올라가 실부와 만났다. 제십전도 일어나 '도련님' 하며 한쪽으로 붙어 서서 안절부절 불안해했다. 실부가 학정에게 어디에서 오는 길인지 물었다.

"마차 타다 왔습니다."

"그러면 양원원은?"

"먼저 돌아갔습니다."

이때, 제삼저가 차를 올렸다. 또 유리쟁반을 가져와 깨끗이 닦고, 침대 아래 단지 속에서 수박씨를 꺼내 제십전에게 주었다. 제십전은 하는 수 없이 부끄러워하며 학정에게 올렸다. 학정은 제십전이 어떤지 보려고 하는데, 제십전은 부끄럽고 위축되어 목덜미까지 빨개졌다. 실부는 눈치를 채고 화제를 돌리려고 학정에게 물었다.

"요즘 접대하느라 바쁜가?"

"그래도 요즘은 괜찮습니다. 곧 '소로두를 결산하는 날'[2]이어서 집집마다 술자리가 조금씩 있을 겁니다."

제십전은 이 틈을 타서 바깥으로 빠져나왔다. 그러나 제삼저가 옆에서 접대하라고 억지로 그녀를 끌고 들어왔다. 자기는 침대 뒤로 가서 동전 꾸러미를 꺼내 들고 손가락에 끼워가며 세었다. 실부가 보고 물었다.

"뭐하려는 건가?"

제삼저는 아무 말을 하지 않았다.

"간식 사려는 거냐?"

학정이 급히 말했다.

"간식은 살 필요 없네, 방금 먹었어."

제삼저는 웃으며 말했다.

"어쨌든 준비해야죠."

그리고 몸을 돌려 나가는데, 실부가 다시 그녀를 불러 세웠다.

"간식은 정말 사러 갈 필요 없고, 종이 담배 두 갑이나 사와."

제삼저는 그제야 대답을 하고 내려갔다. 학정이 말했다.

"종이 담배도 있습니다."

"나도 알고 있어, 그래서 두 갑만 사 오라고 한 거야. 아무것도 사지 않으면 그녀 마음이 편치 않잖아."

이 말에 제십전은 더욱 부끄러워졌다. 제삼저가 종이 담배를 사고 돌아올 때는 이미 등을 올리는 시간이 되었다. 학정은 다른 말 하지 않고 인사를 하고 떠나려고 했다.

"어디로 가느냐?"

"동합흥리 술자리에 갑니다. 왕연생이 초대했습니다."

제십전은 이 말을 듣고 급히 앞으로 나와 대신 붙잡았다. 학정은 이 틈을 타서 제십전의 손을 잡았다. 정말로 손바닥이 뜨거웠다. 제십전은 실부와 함께 계단까지 학정을 바래다주었다. 학정이 아래층으로 오자 제삼저는 주방에서 뛰어나와 급히 말했다.

"도련님, 가지 마세요. 여기서 식사하셔야죠."

"고맙지만 술자리에 가야 하네."

제삼저는 하는 수 없어 더 이상 붙잡지 못하고 배웅해주었다. 광이도 뒤따라갔다. 문 앞에서 제삼저가 또 말했다.

"도련님이 여기까지 오셨는데, 정말이지 대접이 소홀했어요."

학정이 웃으며 말했다.

"괜찮네."

학정은 광이를 데리고 대흥리로 건너갔다. 동쪽 석로 입구

證孽
寃淫娼燒
吳手

에 다다르자 학정은 광이에게 가마꾼을 불러 오라고 했다. 광이는 대답을 하고 혼자 갔다. 학정은 동합흥리 장혜정의 집까지 걸어갔다. 손님들이 모두 다 모이자 왕연생은 물수건을 올리라고 하였다.

---

1 상해 북쪽 지역의 이름
2 해당 날에 술자리를 마련하여 정월 초에 가졌던 '소로두(燒路頭)'의 비용을 결산하는 것을 의미한다.

28

기루의 도박 소문이 새어나가 순포가 지붕에 오르고, 고향의 친척 행색이 초라한 표객이 되어 인력거를 끌다

局賭露風巡丁登屋 鄕親削色嫖客拉車

이학정은 동합흥리 장혜정의 집에 도착했다. 그 술자리는 왕연생이 소로두를 결산하기 위해 마련한 것이었다. 그날 밤 대각요집의 각 방에는 모두 술자리가 마련되어 있었지만, 혜정의 방은 왕연생이 쌍대를 준비하여 특히 분주했다. 그러나 손님들은 그다지 주흥이 나지 않아 대충 술자리를 끝냈다. 왕연생은 몰래 홍선경과 약속을 해놓고, 다른 손님들이 모두 자리를 떠나고 난 후 그와 함께 일어났다. 장혜정이 황급히 물었다.

"어디 가셔요?"

연생은 대꾸하지 않았다. 혜정은 연생이 화가 나서 가려는 줄 알고 붙잡고 놓아주지 않았다. 홍선경이 옆에서 웃으며 말했다.

"왕 나리께서 급히 출장 보고하러 가야 하니 괜히 붙잡지 마라, 공사를 망칠라."

혜정은 비록 '출장 보고하다'라는 말을 이해하지 못했지만 심소홍을 두고 한 말이라는 것을 알고 억지로 붙잡지 못했다.

연생은 내안과 가마꾼에게 모두 공관으로 돌아가라고 하고, 선경과 함께 천천히 걸어서 서회방 심소홍의 집으로 갔다. 아주는 응접실에서 그들을 맞이하며 이 층으로 따라 올라갔다. 방은 어두컴컴했다. 심소홍은 옷을 입은 채로 침대에서 자고 있었다. 아주는 황급히 다가가서 나직하게 '선생님' 하고 불렀다.

"왕 나리께서 오셨어요."

아주는 네댓 번을 그렇게 부르며 깨웠다. 그러자 소홍은 화를 내며 말했다.

"알았어!"

아주는 웃음을 머금고 물러나면서 중얼거렸다.

"불러야 하니까 불렀죠. 장사가 안 되는데, 별수 없잖아요. 다른 집을 부러워하면 뭐해요!"

아주는 가스등을 밝게 돋우고, 아편과 차를 준비하러 갔다. 소홍은 천천히 일어나 침대 끝에 걸터앉은 채 한참을 있다가 느릿느릿 걸어가서 교의에 앉았다. 그리고 얼굴을 벽 쪽으로 돌리고 말 한 마디 하지 않았다. 연생과 선경도 말 한 마디 없이 아편침대에 앉아 있었다. 아주가 다시 소홍에게 물었다.

"저녁 드시겠어요?"

소홍이 고개를 저었다. 연생이 그 말을 듣고 말했다.

"나도 저녁은 아직 하지 않았는데, 요리 두 개 주문해서 같이 먹지."

아주가 말했다.

"술을 드셨을 텐데, 어떻게 저녁을 아직 들지 않으셨다는 거예요?"

"정말 안 먹었어."

아주는 소홍을 돌아보며 말했다.

"그러면 주문해서 함께 드시겠어요?"

소홍은 큰소리로 말했다.

"싫다니까!"

아주가 웃으며 우두커니 서서 말했다.

"왕 나리, 저녁 드시려면 주문하세요. 우리 선생님은 요리집 음식 안 드시겠다고 하니 나중에 죽 드시면 돼요."

연생은 하는 수 없이 그 말을 따랐다. 홍선경은 일이 없다는 것을 알고 작별인사를 했다. 연생도 굳이 붙잡지 않았다. 소홍은 선경이 친숙하고 잘 아는 친구여서 따로 배웅하지도 않고 빈말로도 인사하지 않았다. 대신 아주가 아래층까지 배웅했다. 선경이 나가고 나자 연생은 소홍 가까이 다가가 한 손으로는 소홍의 손을 잡고 한 손으로는 소홍의 목을 끌어안으며 소홍의 얼굴을 돌려 당겼다. 소홍은 화를 냈다.

"뭐하시는 거예요!"

연생은 애원했다.

"그러지 마! 우리 탑상으로 가서 눕자. 긴히 할 말이 있어."

소홍은 연생의 손을 뿌리치며 말했다.

"할 말 있으면 여기서 하세요!"

"특별한 건 아니고, 자네 얼굴이 좀 밝았으면 해. 내가 올 때마다 어두운 얼굴을 하고 있잖아. 그런 자네를 보고 있으면 나도 말할 수 없을 정도로 힘들어. 나를 봐준다는 셈치고, 밝게 있으면 안 돼?"

"저라는 사람이 원래 밝지를 못해요! 힘들면 마음 편한 곳으로 가세요!"

연생은 자기도 모르게 긴 한숨을 쉬었다.

"내가 이렇게까지 말하는데, 자네는 고작 한다는 말이 되지도 않는 소리만 하는 거야!"

연생은 이 말을 하다 목이 메였다. 두 사람은 아무 말 없이 나란히 앉아 있었다. 한참 뒤, 소홍이 대답했다.

"제가 방금 당신에게 잘못 말했어요. 당신도 제가 밝지 않는다느니, 되지도 않는 소리를 한다느니 하셨잖아요. 당신 하는 말을 다른 사람이 모를 것 같아도, 그 말을 듣고 누가 좋아하겠어요?"

연생은 소홍이 마음을 돌리려고 이런 핑계를 댄다는 것을 알고, 얼른 웃으며 말했다.

"늘 내가 잘못해서 자네 기분을 상하게 하네. 넘어가자. 다음에 또 내가 잘못하면 그땐 나에게 실컷 욕을 퍼부어도 돼. 그래도 난 괜찮아. 어쨌든 찡그리고 있지는 마."

연생은 이 말을 하며 소홍을 잡아당겼다. 소홍은 어쩌지 못하고 탑상에 나란히 한쪽을 차지하고 누웠다. 연생이 또 말을 시작했다.

"상의할 게 있어. 술자리를 마련하겠다고 친구들에게 약속했는데, 초아흐렛날에 말이야. 요즘에는 노두주 술자리가 계속 있어. 초이렛날에는 주쌍주 집에서, 여드레는 황취봉 집에서. 모두 노두주 술자리야. 친구들이 여기서 노두주 술자리를 안 만드냐고 해서 초아흐레에 하자고 제안해서 내가 그러겠다고 했지. 괜찮아?"

"편할 대로 하세요."

연생은 소홍이 반대하지 않자 기분이 한결 나아졌다. 그리고 아편 몇 모금을 피우다 말고 소홍에게 죽을 먹자고 부추겼다. 그러자 소홍이 말했다.

"우리 집에서 만든 화퇴[1]죽 드실래요?"

"좋지."

소홍은 아주를 불러 죽을 올리라고 했다. 아금대도 와서 시중을 들었다. 연생은 죽을 먹고, 다시 아편을 흡족할 만큼 피우고 나서 소홍과 함께 잠자리에 들었다.

다음 날은 초이레로, 열두 시에 내안이 가마로 그를 모시기 위해 왔다. 왕연생은 점심을 먹고, 가마를 타고 갔다. 몇 가지 업무를 하고 나니 날이 벌써 저물었다. 다시 심소홍의 집으로 가서 출근 도장을 찍고, 공양리 주쌍주의 집 술자리로 갔다. 술자리 주인인 홍선경 외에 갈중영, 요계순, 주애인, 진소운 네 명이 벌써 와 있었다. 홍선경은 건넛방 주쌍주의 방에서 술자리 준비가 일찌감치 끝나자 말했다.

"우리도 물수건 올리라고 하지."

왕연생이 물었다.

"또 다른 사람은?"

"이학정은 못 온다고 했고, 나자부만 오면 돼."

한 사람 자리만 남겨두고 앉았다. 주쌍주는 수박씨를 올리며 왕연생에게 물었다.

"여기 기녀를 부를까요?"

왕연생이 말했다.

"그쪽 방에도 술자리가 있을 테니 부르지 말게."

상어지느러미 요리가 오를 즈음, 늘 그렇듯이 김교진이 가장 먼저 도착했다. 그 뒤를 따라 나자부가 황취봉을 데리고 왔다. 자부는 이미 취기가 약간 있어 한껏 흥이 올라 있었다. 그는 도착하자마자 계항배를 가져오라고 하고 선을 깔았다. 하필이면 또 요계순이 걸려들었다. 나자부는 저번 요계순과 술

내기로 화권에 진 게 아직도 달갑지 않아 다시 한 번 붙어보자고 했다. 요계순도 결코 양보하려 들지 않고, 소매를 걷어붙였다. 처음 세 판은 나자부가 지고 말았다. 황취봉이 대신 술을 마시려고 하자, 자부가 막으며 자신 입에 털어넣었다. 그리고 다시 시작했다. 그다음 세 판 중에 요계순이 두 판을 졌다.

바로 그때 임소분, 오설향, 심소홍, 위하선이 차례대로 속속 모여들었다. 하선이 대신 술 한 잔을 마셨다. 나자부가 소리쳤다.

"대신 마시는 술은 안 쳐!"

"누구 말인가요? 전 대신 마실 거예요. 당신은 대신 마시게 하든 말든 당신 마음대로 하세요."

황취봉은 나자부의 손에 들려 있는 술잔을 빼앗아 조가모에게 건네주며 말했다.

"멍청하긴, 네가 마셔야지."

나자부는 마침 화장대에 놓인 아주 큰 유리잔을 보고, 잽싸게 가져와 요계순에게 보여주며 말했다.

"우리 이렇게 하지. 이 잔으로 하고, 대신 마셔주지 않기로 말이야!"

이에 나자부는 직접 유리잔에 술을 부었다. 잔에 가득 차지도 않았는데, 술병에 술이 바닥났다. 술을 더 채워 오라고 교건에게 술병을 주면서도 계속 요계순과 화권을 했다. 계순도 갑자기 마치 깃발과 북이 서로 장단에 맞추듯 사기가 불타올라 나자부의 진정한 강적이 되었다. 한편 술자리 사람들도 그 두 사람 때문에 손에 땀을 쥐며 옆에서 지켜보았다. 두 사람이 바로 시작하려고 손을 뻗었다. 그런데 갑자기 교건이 곁방에서 다급한 목소리로 고함쳤다.

"어서요! 누가 있어요!"

사람들은 모두 그 소리에 깜짝 놀랐다. 불이 난 줄 알고 서로 앞을 다투며 방에서 나왔다. 교건은 창밖으로 호들갑스럽게 손으로 가리키며 말했다.

"저쪽! 저쪽이에요!"

사람들은 교건의 손이 가리키는 쪽을 보았다. 그러나 화재는 아니고, 어떤 외국 순포가 맞은편 집 지붕 위에 꼿꼿하게 서 있었다. 검은색 옷을 입은 그 순포는 손에 곤봉을 들고 전등을 비추고 있었다. 홍선경은 십중팔구 상황을 예측하고 다른 사람들을 안심시키며 말했다.

"별일 아냐, 별일 아냐."

진소운은 어떤 일인지 집사 장복에게 물으려고 하는데, 문 앞이 시끌벅적하여 한참을 불러도 오지 않았다. 장수가 이 기회를 틈타 날듯이 뛰어 올라와 알렸다.

"앞 골목 우여의 쪽 도박꾼을 잡으려는 거랍니다. 별일 아닙니다."

사람들은 그 말에 마음을 놓았다. 갑자기 한 사람이 맞은편 이 층 유리창을 열고 비집고 나와 난간으로 기어 올라갔다. 거

局賭露風
巡丁登屋
第二十八回
公陽里
酒
二十二

기서 옆집 곁채로 도망가려고 뛰었다. 그런데 불쑥 뒤에서 순포가 몸을 날려 날래게 쫓아와 짧은 곤봉으로 정확하게 그 사람의 복사뼈를 내려쳤다. 도망가던 이는 중심을 잃고 대파가 잘려 나가듯 담장 위에서 바깥으로 떨어졌다. 기왓장 두어 장도 와장창창 땅으로 떨어졌다. 주쌍옥은 황급히 방에서 나와 조용히 주쌍주에게 알렸다.

"골목 안에 사람이 떨어져 죽었어요!"

사람들은 모두 깜짝 놀랐다.

홍선경은 쌍옥의 술손님이 모두 간 것을 보고, 그녀의 방으로 가서 창문으로 내다보며 살펴보았다. 정말로 담장에서 떨어진 그 사람은 담벼락 끝에 뻗어 있었다. 마치 죽은 사람처럼 전혀 움직임이 없었다. 사람들도 보려고 한꺼번에 방으로 모여들었다. 다만 오설향은 겁을 잔뜩 먹고 갈중영의 옷자락을 붙잡고 말했다.

"우리 돌아가요!"

"지금 가면 순포에게 잡혀가!"

설향은 믿지 못했다.

"거짓말 말아요!"

주쌍주 역시 말렸다.

"거짓말이 아니에요. 순포가 문 앞에서 지키고 있으니, 밖으로 나가면 안 돼요."

설향은 하는 수 없이 인내심을 가지고 기다릴 수밖에 없었다. 홍선경이 말했다.

"우리는 술이나 마시러 가. 그들에게 잡히면 좋을 게 없어."

그리고 홍선경은 모든 사람들을 자리로 돌아가 앉게 했다.

주쌍주는 직접 계단으로 가서 교건에게 술을 가져오라고 했다. 그러나 교건은 시끌벅적한 곳 바로 앞에 있어서 그 말을 듣지 못했다. 그래서 쌍주는 아금을 불렀다. 아금 역시 아무 대답이 없었다. 다시 다급하게 부르자 아금이 정자간에서 힐끗 내다보고 아무 말 없이 고개를 숙이고 내려왔다. 쌍주는 정자간이 촛불 하나 없이 어두컴컴한 것을 보고 화를 냈다.

"무슨 꼴이야! 정말 상식 밖이구나!"

아금은 당연히 아무 말도 하지 못했다. 쌍주가 돌아서자 장수도 슬그머니 뒤따라 내려왔다. 쌍주는 모르는 체하며 천천히 방으로 돌아갔다.

아금이 술병을 홍선경에게 올렸으나 사람들은 도박꾼을 잡는 것을 보려고 술 마실 겨를이 없었다. 갑자기 골목 안에서 마치 비바람이 동쪽에서 서쪽으로 몰아치듯 발자국 소리가 요란하게 들렸다. 홍선경도 내다보았다. 여러 명의 외국 순포들은 떨어졌던 그 사람을 널문에 매달고 앞장을 세워 압송하며 골목을 빠져나갔다. 그 뒤로 구경꾼들이 그들을 에워싸고 졸졸 따라 나가며 손가락질하고 비웃었다. 아래층 집사와 하인들도 그 무리 속에 끼어 있었다. 그들이 빠져나가자 순간 문 앞이 조용해졌다. 이 층에서 구경하던 사람들은 그 광경을 보고 나서 창문에서 물러섰다. 홍선경은 그제야 사람들을 불러 모으며 새 잔에다 새로 가져온 술을 따랐다. 나자부는 구경하는 동안 술기운이 말끔히 가라앉아 더 이상 마시려고 하지 않았고, 요계순은 집으로 돌아갈 시간이 가까워지자 화권 놀이를 접었다. 사람들은 죽을 대령시켰다. 오설향이 제일 먼저 떠나갔다. 그 뒤를 따라 다른 기녀들도 하나둘씩 떠나갔다. 어수선한 분위기 속에서 장수는 아부하려고 도박꾼이 잡힌 상황을 알아보고 이 층으로 올라와 아뢰었다.

"우여의에 있던 모든 사람들이 잡혀갔답니다. 그중에는 나리들도 이삼십 명이나 되고, 집도 폐쇄되었다고 합니다. 떨어진 그 사람은 죽지는 않았고, 한쪽 발만 부러졌답니다."

사람들은 모두 탄식을 했다. 마침 아덕보가 죽을 차려 들고 오자, 장수는 불편하여 마지못해 아래층으로 내려갔다. 식사를 마치고 자리가 끝나자, 손님들은 떠나가고 주인은 피곤해졌다. 잠시 후 건넛방 주쌍옥의 방에서는 쌍대가 마련되고, 아래층 주쌍보의 방에서도 탁자 하나가 펼쳐지면서 다시 분주해졌다. 홍선경은 조금 불편해서 주쌍옥에게 작별 인사를 하고 남시 영창삼점으로 돌아가 쉬었다.

다음 날 저녁, 홍선경은 북쪽 상인리 황취봉의 집으로 갔다. 나자부가 그를 맞이하며 말했다.

"이학정이 돌아갔다고 하는데, 알고 있었나?"

"전날 밤 만났을 때는 아무 말 없던데."

"지금 내가 초대했는데, 실부와 함께 배를 타고 갔다고 하더군."

"무슨 일이 있는 모양이지?"

이때, 갈중영과 왕연생, 주애인, 탕소암이 차례로 도착했다. 이학정의 이야기가 나오자, 모두 그가 분명 이유가 있어서 갑자기 집으로 돌아간 것이라고 했다. 진소운이 도착하자, 나자부는 손님들이 다 모였다고 조가모에게 물수건을 가져오라고 했다. 소운이 자부에게 물었다.

"이학정은 초대하지 않았나?"

"돌아갔다고 하더군. 무슨 일이 있었는지 아는가?"

"다른 일은 아니고, 어제 저녁 공양리에 학정도 있다가 함께 끌려갔다고 하더군. 신아문에서 벌금 오십 원을 내고 나오자마자 배를 타고 돌아간 모양이야. 내가 그를 보러 갔는데, 만나지 못했네."

홍선경은 급히 물었다.

"그러면 아래층에 떨어진 사람이 이학정이었어?"

"떨어진 사람은 깡패야, 사실 삼품 관리였는데, 가마를 타고 다니며 과시를 했다지. 거들먹거렸다고 하는데, 소주에서 송사가 있고 나서 지금은 여기에서 도박판을 열고 대장질을 하고 있다고 하더군. 어제 떨어져 죽지 않은 게 그 사람 운인 게지."

나자부가 말했다.

"그러면 그 사람은 주소화야! 학정이 왜 그런 사람과 어울려 다니는 거야?"

진소운이 말했다.

"학정도 잘못했어. 도박했으니까. 한 달도 안 되어서 삼만이나 잃었대. 또다시 도박에서 돈을 잃으면 학정도 감당하기 힘들 거야!"

"실부가 숙부 역할을 못한 거야. 그를 잘 타일렀어야지.

"실부는 가정적인 사람이야. 상해에 와서도 기루에서 놀지 않잖아. 점잖은 사람이지."

홍선경이 웃으며 말했다.

"실부가 점잖은 사람이라고 했나! 그도 바른 사람은 아니야, 무슨 가정적인 사람이라고! 남부에 있는 한 친구가 나에게 실부는 너무 가정적이어서 작은 버릇이 생겼다고 하더군."

진소운은 작은 버릇이 무엇인지 물으려고 하는데 김교진이 그를 부르며 살짝 소매를 잡아당겼다. 소운이 고개를 돌리니 교진이 귀에 대고 소곤거렸다. 소운은 잘 들리지 않아 웃으며 말했다.

"정말 바쁘구나! 저번에는 선권이라더니, 지금은 소로두라고!"

"저 말구요."

다시 귀에 대고 분명하게 말했다. 소운은 한참을 생각하다가 먼저 그 자리에 있는 친구들에게 회춘당으로 자리를 옮기자고 했다. 모두들 찬성하면서도 회춘당이 어디에 있는지 물었다. 소운이 말했다.

"동기반가에 있네. 교진의 언니집인데, 소로두를 하고 있으니 체면을 세워줘야 한다는군."

교진이 이어서 말했다.

"아해를 먼저 보내서 준비하라고 하고, 각자 애인들과 함께 건너가는 건 어때요?"

"좋아."

모두들 찬성하자 아주머니 아해가 명령을 받들고 갔다.

나자부가 선을 깔았다. 예상치도 못하게 나자부가 크게 이겼다. 스무 잔을 걸고 그 반을 하는 동안, 다른 사람들은 서른 잔을 지고 말았다. 모두 차례를 정하고 벌주를 나누어 마셨다. 그렇게 하고 나서야 그 반을 끝낼 수 있었다. 그때 네 번째 요리가 올라왔고, 아해도 돌아와 명을 기다리고 있었다. 김교진은 서둘러 가자고 재촉했다. 황취봉은 아래위층에 접대해야 할 술자리가 있다고 나자부에게 말하면서 나중에 갈 테니 굳이 부를 필요 없다고 했다. 나자부, 갈중영, 왕연생, 주애인과 여섯 명의 기녀는 가마 열 대를 나누어 타고 갔다. 먼저 진소운은 홍선경, 탕소암과 함께 상인리 골목을 나와 장복에게 인력거 두 대를 부르라고 했다. 소운은 자신의 인력거를 타고, 소암도 하나를 잡아탔다.

선경이 인력거에 오르려는데, 그 인력꾼이 너무 젊고 얼굴이 낯익어 자세히 살펴보다가 그만 깜짝 놀라 엉겁결에 외쳤다.

"너, 박재 아니냐!"

그 인력꾼은 고개를 돌리고 홍선경을 보자마자, 빈 인력거를 끌고 숨넘어가듯 서쪽으로 달아났다. 선경은 손짓을 하며 불러보았지만 돌아오지 않았다. 홍선경은 순간 솟구치는 화에 정신이 아찔해졌다. 놀란 눈으로 아무 말도 못하고 길 한가운데 서 있었다. 진소운과 탕소암이 타고 간 인력거는 벌써 멀리 가버리고 자신을 돌보는 사람 하나 없었다. 다행히 그 뒤로 가마 열 대가 골목을 나오고, 그 뒤를 따라오는 아금과 아해가 앞으로 다가와 선경을 잡아당겼다.

"홍 나리, 뭐하고 계세요?"

선경은 그제야 정신이 돌아왔다. 그러나 아무 대답도 하지 않고 다시 인력거를 불러 가마를 따라 동기반가 입구에서 멈추었다. 그리고 다른 사람들과 함께 회춘당으로 들어갔다.

김애진은 일찌감치 문 앞에 나와 그들을 맞이했다. 사람들이 응접실에 자리가 준비되어 있는 것을 보았지만, 먼저 방으로 들어가 잠시 앉았다. 애진은 황급히 수박씨를 올리고 또 아편침대로 가서 아편에 불을 붙였다. 김교진은 '언니' 하고 불렀다.

"아편 채울 필요 없어, 아래층에 물수건이나 가져오라고 해. 모두 바빠."

애진은 그래도 웃으며 말했다.

鄉親削包嫖
客拉車

"어느 나리께서 아편 피우시겠어요?"

아무도 대꾸하지 않는데, 진소운만 "고맙습니다."라고 대꾸했다.

애진은 입을 오므리며 웃었다.

"진 나리께서는 예의도 바르셔요."

교진은 더 이상 참지 못하고, 먼저 방을 나와 여기저기 걸어다녔다. 애진이 남자 하인에게 물수건을 가져오라고 하자, 손님들도 자리에 앉고 함께 온 기녀들도 자리에 앉았다. 김애진과 김교진은 진소운 뒤에 나란히 앉았다. 애진은 비파 현을 고르며 교진과 노래를 부르려고 했다. 교진이 말했다.

"언니만 불러, 나는 안 할래."

애진이 경극 곡조 한 곡을 뽑자, 진소운도 말리며 말했다.

"그만하게."

애진은 그래도 다시 현을 골랐다. 교진이 말했다.

"언니 왜 이래, 한 곡 불렀으면 됐어."

그러자 애진이 비파를 내려놓았다.

애진이 노래를 부르고 난 뒤 아무도 부르지 않았다. 마침 황취봉이 도착하자 나자부가 계항배를 가져오라고 했다. 아주머니는 한참 뒤에 아주 큰 유리잔을 가져왔다. 김애진은 화를 내며 말했다.

"아니야!"

아주머니에게 얼른 바꿔 오라고 했다. 나자부는 이 잔을 보자 즐거워하며 말했다.

"유리잔 좋지, 가져와."

애진은 도로 황급히 올렸다. 그리고 소매를 걷고 앞으로 다가가서 술병을 들었다. 유리잔에 가득 따르니, 나자부가 탁자를 치며 말했다.

"내가 다섯 잔을 깐다!"

모두들 그 큰 잔을 보고, 감히 손을 내밀지 못했다. 진소운은 갈중영에게 의논했다.

"우리 두 사람이 한 잔 걸어볼까?"

"좋아."

소운은 나자부와의 첫 판에서 지고 말았다. 김애진이 대신 술을 마시려고 했다. 진소운은 작은 잔에 나누어 한 잔을 김교진에게 주었다. 교진이 말했다.

"당신이 했으니까 당신이 마셔요. 전 대신 마시지 않을 거예요."

애진이 웃으며 말했다.

"제가 마실게요."

애진이 그 작은 잔을 받으려고 손을 뻗었다. 교진은 옆에서 낚아채며 큰 소리로 말했다.

"언니, 그러지 마!"

애진은 깜짝 놀라서 손을 놓았다. 소운은 웃으며 이렇다 저렇다 말없이 잔을 들고 한입에 마셨다. 갈중영도 유리잔에 반쯤 남은 술을 마셨다.

계속해서 주애인과 탕소암이 한 팀이 되어 겨루고, 왕연생과 홍선경이 한 팀이 되어 겨루었다. 그렇게 돌아가며 두세 번을 했다. 다섯 잔이 다 돌자 나자부는 비록 주량이 세다고 자신하지만 옥산이 무너지듯 몸을 제대로 가누지 못하고, 다른 사람들 역시 술에 취해 주흥이 시들해졌다. 기녀들은 다른 곳으로 가기 위해 떠나갔다. 모두 죽은 사양하고 작별인사를 했다. 그때 떠나지 않은 손님으로는 홍선경 한 사람과 기녀로는 오직 김교진뿐이었다. 진소운과 김애진은 그 두 사람을 방으로 안내했다.

---

1 火腿 : (중국식) 햄, 돼지 다리를 절여 햇볕에 말려서 만든다.

29

이웃은 오빠를 찾는 길에 동무가 되어주고, 수양오빠는 누이를 데리고 함께 놀아주다

間壁鄰居尋兄結伴 過房親眷挈妹同游

홍선경은 진소운을 따라가고, 김교진은 김애진을 따라 방으로 들어갔다. 남자 하인이 간식을 들고 왔다. 애진이 그것을 받아 올리고 탑상으로 가서 아편에 불을 붙였다. 소운은 위쪽에 누우며 말했다.

"내가 할게."

"진 나리, 그러지 마세요, 제가 채워줄게요."

소운이 웃으며 말했다.

"예의 갖출 필요 없다."

그리고 꼬챙이를 건네받았다. 애진이 또 말했다.

"홍 나리, 탑상으로 가세요."

홍선경도 아래쪽에 누웠다. 애진은 직접 찻잔을 가져와 아편 소반에 내려놓다가 우연히 교진이 화장대 앞에 서서 거울을 비추어가며 귀밑머리를 고르고 있는 것을 보았다. 애진은 기름솔빗으로 윤이 나도록 교진의 머리를 빗어주며, 이런저런 말을 꺼내며 비밀스러운 이야기를 나누었다.

그 틈에 선경은 조박재 일을 소운에게 말하며 어떻게 해야 할지 의논했다. 소운이 먼저 선경의 생각을 물었다. 그러자 선경이 말했다.

"내 생각으로는 자네가 순포방에 알려서 어느 인력거인지 조사를 해서 우리 가게에 가두어놓고 나다니질 못하게 하는 게 좋겠는데, 어떤가?"

소운은 잠깐 생각한 후 말했다.

"옳지 않아. 그 애를 자네 가게로 데려가서 어쩌겠다는 말이야? 자네 가게에도 인력거를 끄는 친척이 있지 않은가. 체면 깎이는 일이야. 내 생각에는 자네 누님에게 편지를 써서 알아서 하라고 하는 게 나을 것 같네. 그러면 자네와 상관없지 않은가."

선경은 문득 깨달은 듯이 고민이 말끔히 사라졌다. 그는 곧바로 일어나 작별인사를 했다. 김교진이 소운에게 말했다.

"우리도 가죠."

소운이 담뱃대를 내려놓았다. 그러자 김애진은 황급히 한 손으로 그를 잡으며 말했다.

"진 나리, 가지 마세요."

또 다른 손으로는 교진을 끌며 말했다.

"뭐가 바빠서 그래? 우리 집이 작아서 못 앉아 있겠다는 거니?"

교진은 비틀거리면서 말했다.

"갈래."

애진이 교진의 허리를 껴안으며 성을 내며 말했다.

"가봐. 나도 너 보러 안 갈 거야!"

소운이 옆에서 껄껄 웃었다. 홍선경이 말했다.

"자네 둘은 좀 더 앉아 있게. 나 먼저 가겠네."

홍선경은 진소운에게 작별 인사를 하고 방에서 나왔다. 김애진은 계단까지 그를 배웅하면서 말했다.

"홍 나리, 내일 오셔요."

선경은 대충 대답을 하고 회춘당을 나섰다. 삼모각교(三茅閣橋) 근처까지 가서 인력거를 불러 타고 소동문 육가석교까지 갔다. 그리고 느긋하게 걸어 함과가 영창삼점으로 돌아가서 밤새도록 조박재의 유랑생활과 궁핍한 형편을 편지에다 죄다 썼다. 다음 날 아침 점원에게 우체국에 가서 편지를 부치라고 했다.

조박재의 모친 홍 씨는 나이가 쉰 가까이 되는데, 눈과 귀가 멀고, 나약하고 무능했다. 다행히 아명이 이보(二寶)인 박재의 여동생이 집안일을 도맡을 정도는 되었다. 지난번에 홍선경의 편지를 받고, 박재가 집으로 돌아오는 줄 알고 매일 기다린 것이 벌써 보름이 되어가지만 아무 소식이 없었다. 그런데 느닷없이 또 홍선경의 편지가 와서 이웃집에 사는 장신제(張新弟)에게 읽어달라고 했다.

장신제가 편지를 다 읽어주자, 모녀 두 사람은 순간 놀랍고 부끄러워 목 놓아 울었다. 장신제의 큰 누이인 장수영(張秀英)이 그 울음소리를 듣고 건너와 무슨 까닭인지 묻고 오히려 그들을 다독여주었다. 모녀 두 사람은 눈물을 닦으며 그녀에게 고마움을 표했다. 모두들 어떻게 할지 상의했다. 장신제는 조박재를 찾으러 상해에 가서 그를 집으로 데려와 엄하게 단속시키는 것이 상책이라고 했다. 홍 씨가 말했다.

"상해 조계지, 그 낯선 곳에 어떻게 갈 수 있겠나?"

조이보가 말했다.

"갈 수 없다는 말은 하지 마세요. 어머니더러 찾으러 가라고 할까 봐 그러세요?"

장수영이 말했다.

"그러면 적당한 사람에게 부탁해서 오빠를 찾아오게 하고 이 원 정도 주는 것도 괜찮아."

홍 씨가 말했다.

"우리가 또 누구에게 부탁해? 부탁한다면 그래도 외삼촌에게 해야지."

장신제가 말했다.

“외삼촌 편지에는 조박재 때문에 망신당했다고 원망이 대단한데, 어떻게 찾아가겠어요!”

이보가 말했다.

“외삼촌은 애초 기댈 수 있는 분이 아니에요. 다른 사람에게 부탁하는 것도 소용없고, 저하고 어머니가 함께 가는 게 차라리 나아요.”

홍 씨가 한숨을 쉬며 말했다.

“이보야, 말은 맞다만, 넌 아가씨야. 한 번도 문 밖을 나간 적이 없고, 상해에 가서 유괴범에게 잡혀가면 어쩌려고 그러냐?”

“어머니는 또 쓸데없는 소리 하셔요! 유괴범에게 잡혀가지 말라고 사람들이 지레 아이들을 속이려고 하는 말이죠. 정말 유괴범이 있겠어요.”

신제가 말했다.

“상해에 유괴범이 없다고 해도 아는 사람과 함께 가는 것이 좋긴 하죠.”

수영이 신제에게 물었다.

“명절에 상해에 가야 한다고 하지 않았어?”

“상해에 간다고 해도 가게로 가는데, 어디 짬이 나겠어.”

이보는 이 말을 마음속에 담아두고 입을 다물었다. 장신제는 결정이 나지 않아 인사를 하고 집으로 돌아갔다. 조이보는 장수영을 붙잡아두고 방으로 불렀다. 수영은 열아홉 살이며 이보와는 절친한 사이로 서로 모든 것을 다 털어놓고 말하였다. 그때 이보가 수영에게 살짝 물었다.

"신제는 상해에 뭐 하러 가?"

"적(翟) 선생에게서 회계일 배우고 있잖아."

"언니도 가?"

"나는 일도 없는데, 뭐 하러 가."

"언니, 우리와 같이 상해에 갈래? 나는 오빠 찾고, 언니는 조계지에서 놀고, 어때?"

수영도 내심 노는 것을 좋아하지만 사람들 이목이 두려워 주저했다.

"안 돼."

그러자 이보가 귓속말로 속삭였다. 수영은 웃음으로 답하고, 집으로 돌아갔다. 장신제가 이 일을 물었다. 수영이 미간을 찌푸리며 말했다.

"아무리 생각해봐도 방법이 없으니, 괜히 소촌 오빠 탓을 하네. 함께 간 소촌 오빠도 돈을 다 써서 사람들 볼 낯이 없을 거라며 나도 같이 소촌 오빠 찾으러 가자고 하잖아."

수영의 말이 끝나기도 전에 조이보도 건너와서 '수영 언니' 하고 부르며 말했다.

"모르는 체하지 마! 언니 오빠가 한 일이니까, 당연히 언니가 찾아야지. 언니도 같이 소촌 오빠를 찾으러 가. 꼭 언니 일은 아니더라도 말이야."

신제가 옆에서 말했다.

"소촌 형이 상해에 있어서 너 혼자 찾아가도 될 거야."

이보가 말했다.

"나는 상해를 몰라, 언니와 같이 가야지."

"누나가 가는 건 아니지. 차라리 내가 같이 가줄까?"

"너는 남잔데, 나와 같이 가면 무슨 꼴이야? 언니가 안 가겠다고 하면 나는 계속 언니를 귀찮게 할 거야."

신제는 슬쩍 수영을 쳐다보고 어떻게 할 건지 물었다. 수영이 말했다.

"난 갈 일이 없는데 뭐 하러 가겠어? 사람들이 들으면 우리들이 놀러 간다고 생각하고 비웃지 않을까?"

이보가 말했다.

"언니는 다른 사람들 비웃음만 겁나고, 우리 오빠가 인력거를 끌고 다니는 건 언니와 상관없다 이거야?"

신제도 웃으며 수영을 설득했다.

"누나도 한번 가봐. 찾아서 돌아와도 며칠 걸리지 않을 거야."

수영은 여전히 내키지 않았지만 신제의 적극적인 설득으로 억지로 승낙했다. 사월 십칠 일에 가기로 정하고 맞은편 이발사 오소대(吳小大) 부인 오가모(吳家姆)에게 집을 봐달라고 부탁했다.

海上花列傳
第二十九回
二十九
閒壁鄰居
尋兄結伴

조이보가 집으로 돌아와서 모친 홍 씨에게 그 사실을 알려주자 홍 씨는 잘되었다고 생각했다. 그날 밤 오소대는 직접 두 집으로 찾아가서 짐을 봐주겠다고 대답하고, 아들 오송교가 아주 성공했다는 이야기를 들었다며 이참에 그 아들을 찾아봤으면 한다고 했다. 두 집 모두 찬성했다.

그 날이 되자, 무석(無錫)의 망선[1] 한 대를 전세 내어 홍 씨, 조이보, 장신제, 장수영 그리고 오소대 다섯 명은 모두 짐을 싣고 상해로 향했다. 하루가 못 되어 일휘항(日輝港)에 정박했다. 오소대는 이불 짐 없이 보따리 하나만 등에 지고 부두에 올라 혼자 갔다. 조이보는 조박재가 열래 객잔에서 지내고 있다고 생각하고 장신제에게 짐을 그곳으로 보내라고 했다. 그리고 인력거 네 대를 불러 장신제와 장수영, 홍 씨, 조이보를 태우고 보선가 열래 객잔으로 갔다. 마침 짐꾼들이 짐을 지고 뒤따라 와 제일 큰 방에다 짐을 풀었다.

짐을 대충 정리하고 나서, 장신제는 먼저 대마로 북신(北信) 전당포 회계원인 적 선생을 만나러 갔다. 그런데 적 선생은 남신 전당포로 일을 보러 가고 없었다. 장신제는 객잔으로 돌아와 이불 짐을 옮기며 조이보에게 물었다.

"같이 우리 소촌 형 찾으러 갈래?"

이보는 손을 내저으며 말했다.

"네 형 찾는 것에는 관심 없어. 함과가 영창삼점으로 가서 우리 외삼촌께 오시라고 말해줘."

신제는 그 말을 듣고 나갔다. 그날 밤 장수영은 혼자 연극을 보러 갔다. 그러나 조이보와 모친 홍 씨는 수심이 가득 찬 얼굴로 마주 보고 앉아 방 밖으로 나갈 생각을 하지 않았다.

다음 날 아침, 홍선경이 여관으로 찾아왔다. 누님 홍 씨를 만나자 조이보가 앞으로 나와 인사를 했다. 선경은 그동안 만나지 못한 세월의 정을 이야기하다 외조카 조박재 이야기가 나오자, 그동안 천박했던 행실들을 낱낱이 말해주었다.

"지금은 내가 사람을 시켜 찾아보라고 하겠지만, 다음에 또 무슨 일이 생기면 상관하지 않을 겁니다!"

이보가 끼어들었다.

"외삼촌께서 찾아주시면 정말 좋죠. 그다음은 마음 놓으셔요. 설마 또 외삼촌을 놀라게 하겠어요!"

선경은 또 고향의 농사 수확이 얼마나 되는지 물어보고 작별인사를 했다. 장수영은 아직 자고 있어 홍선경을 만나지 못했다.

식사를 마치고 나니 어떤 사람이 조박재를 문 앞까지 바래다주고 갔다며 객잔 사환이 알려주었다. 홍 씨와 조이보는 황급히 나가 그를 맞이했다. 조박재의 얼굴은 검댕이로 얼룩져 있고, 양쪽 귀밑머리는 한 마디 이상이나 길어 있었다.[2] 여기저기 기운 짧은 윗옷과 바지를 입고 있는데, 거무죽죽하니 무슨 색인지 분간이 가지 않았다. 맨발에다 양말조차 신지 않고 있었다. 그야말로 거지와 다를 바 없었다. 이보는 오누이의 정이 각별하여 더욱 마음이 상하여 큰 소리를 내며 울었다. 홍 씨는 눈이 어두워 그가 잘 보이지 않아 물었다.

"어디에 있어?"

객잔 사환은 박재를 밀며 인사를 하게 했다. 홍씨는 깜짝 놀라 발을 동동거리며 울었다.

"우리 아들이 어떡하다가 이 지경이 되었어!"

이 말을 하다 울음을 터뜨리고, 기가 막혀 거의 실신할 정도였다. 다행히 장수영이 뒤에서 붙잡으며 마음을 풀라고 했다. 이보는 객잔의 손님들에게 구경거리가 된 듯하여 부끄러워 급히 수영과 함께 모친을 부축하고 방으로 들어가고, 박재에게 손짓을 하며 들어오라고 하고 방문을 닫았다. 그리고 가죽 상자를 열어 옷가지와 양말을 챙겨서 박재에게 주며 왼쪽 목욕탕에서 머리를 깎고 깨끗이 하고 오라며 등을 떠밀었다.

얼마 후, 박재는 옷을 갈아입고 객잔으로 돌아왔다. 얼굴은 비록 야위었지만 한결 나아 보였다. 수영은 그에게 앉으라고 했다. 홍 씨와 이보는 원망의 말들을 쏟아냈다. 박재는 고개를 숙이고 눈물을 흘리며 아무 말도 못했다. 이보가 왜 집으로 돌아오지 않았는지 수십 번을 물어도 박재는 끝내 대답하지 않았다. 수영이 웃으며 대신 대답해주었다.

"돌아오면 난처해질까 봐 그랬겠지, 안 그래?"

이보가 말했다.

"아니야, 난처하다는 것을 알면 돌아왔지! 분명 상해가 아쉬웠던 거야. 인력거를 끌며 이곳저곳을 구경하니 마음이 시원해졌겠지!"

이 말에 박재는 얼굴을 들 수 없어 벽 쪽으로 몸을 돌렸다. 홍 씨는 갑자기 가련한 마음이 들어 더 이상 책하지 않고 수영과 이보에게 집으로 돌아갈 계획을 물었다. 이보가 말했다.

"객잔 사환에게 배를 불러 달라고 해서 내일 돌아가요."

수영이 말했다.

"나보고 놀러 가자고 했잖아, 아직 난 한 번도 나가지 못했어. 내일 돌아가자고 하면 약속과 틀리잖아!"

"그러면 하루 더 놀까?"

"그래, 하루 놀고 나서 다시 말해."

홍 씨는 그들을 따를 수밖에 없었다. 저녁을 먹고 나서 수영이 극장에 가려고 하자 이보가 말했다.

"이전에 극장비는 내가 낸다고 했으니까. 언니가 거절하면 난 아예 안 갈 거야."

수영이 한참을 생각하더니, 모호한 미소를 지으며 말했다.

"그럼 그렇게 해. 내일 저녁에는 내가 낼게."

수영과 이보가 외출한 후, 홍 씨와 박재만 방에 남아 있었다. 홍 씨는 피곤해서 일찍 잠들었다. 박재는 혼자 앉아 있으려니 보선가의 인력거 소리가 파도 소리처럼 귓가에 맴돌았다. 또 저 멀리서 들려오는 비파 소리는 경극 곡조를 부르는 어린 기녀 목청 같았지만 어느 집인지는 알 수 없었다. 박재의 마음은 원숭이처럼 들떴지만 나갈 엄두를 내지 못했다. 객잔 사환이 큰 방 뒤쪽에 박재의 침대를 하나 마련해주어 박재는 혼자 와등을 켜고 옷을 입은 채로 침대에 잠시 누웠다. 그런데 갑자기 옆방 손님 두 명이 아편을 피우면서 상해의 화려한 거리와 풍경을 나누는 대화소리가 들려왔다. 이야기는 아주 흥미진진하여 박재는 화사(火邪)[3]로 병이 걸린 듯 누워 있어도 잠이 오지 않았다. 눈을 뜬 채로 있다가 수영과 이보가 돌아오고 나서야 침대에서 내려와 방을 나오며 물었다.

"노래는 잘 부르든?"

이보는 기침을 하며 말했다.

"나는 거의 못 들은 거랑 마찬가지야. 오늘 저녁은 하필이면 시 씨라는 언니네 친척을 만나게 되어서 차 마시고, 극장비도 시 씨가 내줬어. 그리고 간식과 과일들을 잔뜩 사 와서 우리보고 먹어보라는 거야. 얼마나 난처했겠어? 내일 마차 태워 준다고 하는데, 난 안 갈 거야!"

수영이 말했다.

"상해에서는 아무 일도 아니야. 우리를 초대하면 우리는 기분 좋게 가면 돼!"

"언니야 당연히 괜찮겠지. 숙라 옷이 있으니까. 나는 거지꼴 같아, 망신스러워!"

이보는 무심결에 이 말을 꺼내고 말았다. 그러자 수영이 '큭' 하고 웃었다. 박재는 무안해서 피하려고 했다. 그러자 이보가 갑자기 그를 불러 세웠다.

"오빠, 잠깐만."

박재가 다급하게 무슨 일인지 물었다. 이보는 손수건 보자기를 꺼냈다. 극장에서 가져온 간식과 과일을 박재에게 주고, 또 수영에게도 먹으라고 했다. 수영이 말했다.

"우리 또 아편 피우자."

"언니 어리석게 굴지 마! 중독되면 끝이라구!"

수영은 웃기만 하고 그 말을 듣지 않았다. 대나무 광주리 속에서 아편 소반을 꺼내어 아편에 불을 붙였다. 그러나 요령을 몰라 대통이 막혀버렸다. 박재가 장난삼아 말했다.

"내가 해줄까?"

"너도 할 줄 알아? 해봐."

박재는 끓인 아편을 휘저어가며 말끔하게 넣고 담뱃대를 수영에게 주었다. 수영이 간단하게 인사를 하고 한 모금을 쭉 빨아 당기고 나서 감탄하는 말을 쏟아냈다.

"아편 잘 채웠는데! 어디서 배웠어?"

박재는 웃기만 하고 다시 한 통을 더 채워주었다. 수영은 이보에게 피워보라고 했다. 이보는 하는 수 없이 피워보았다. 세 번째 채운 것은 박재가 피웠다. 다 피운 다음 아편 소반을 제자리에 챙겨두었다. 박재는 혼자 뒤편 곁방으로 가서 쉬었다.

다음 날 오후, 갑자기 어떤 마부가 객잔으로 찾아왔다.

"시 도련님께서 보내신 마차입니다. 부인과 아가씨 두 분을 모셔 오라고 했습니다."

이보는 그 마차를 타지 않으려고 했지만, 수영은 그녀의 말을 무시했다. 수영은 박재에게 방을 지키라고 하고 홍 씨랑 이보와 같이 마차를 타고 명원으로 놀러 갔다. 박재는 객잔의 방에서 하릴없이 있다가 아편 소반을 찾아 아직 열쇠로 잠그지 않은 것을 보고, 몰래 한 모금 피우고 또 한 번 더 피웠다. 그때 마침 소촌이 소식을 듣고 왔다. 그는 특별히 그의 동생과 누이를 찾아왔는데, 이렇게 같이 있는 박재를 이상하게 여겼다. 소촌은 박재가 곤궁했을 때를 떠올리며 비웃었다. 박재는 기분이 상하여 아편 소반을 원래 자리에 갖다 놓았다. 소촌은 재미가 없어 인사를 하고 나왔다. 박재는 부끄러워 배웅하지 않았다.

날이 어두워져도 마차는 돌아오지 않았다. 박재는 느긋하게 참으며 기다리지 못하고 마당으로 나가 까치발을 하며 내다보았다. 그때 마침 수영과 이보가 홍 씨를 부축하여 마차에서 내려 문으로 들어서고 있었다. 박재는 그들을 마중하고 장소촌이 왔다는 이야기를 전해주었다. 이보는 가만히 있는데 수영이 말했다.

"우리 오빠도 나쁜 사람이야, 지금부터는 오빠든 뭐든 상관없어!"

박재는 맞장구를 치고 큰 방으로 따라 들어갔다. 이보는 몸에 지니고 있던 향수병을 하나 꺼내 박재에게 보여주었다. 박재는 물건을 잘 볼 줄 몰라 가격을 물었다.

"말로는 이 원이라고 했어."

박재는 혀를 내두르며 말했다.

"뭐 하러 샀어?"

"내가 산 건 아니고, 그 서생 오빠가 꼭 사주겠다잖아. 세 병을 사서 자기 한 병, 언니 한 병, 그리고 나에게 한 병을 줬어."

박재는 아무 말을 하지 않았다. 수영과 이보는 명원의 경치를 이야기하고, 그들이 보았던 기녀와 어린 여자 하인의 얼굴, 옷, 장신구를 세세하게 품평했다. 수영이 말했다.

"사진관에 안 가봤지? 우리는 몇 장 찍었는데, 정말 멋졌어."

이보가 말했다.

"서생 오빠도 그곳에서 정말 웃겼어!"

"모두 친척이니까, 좀 친숙해지면 신경 쓸 것도 없어."

"서생 오빠는 아주 편한 사람이야, 성격도 좋고. 우리가 어머니라고 하니까 그도 어머니라고 하잖아. 어머니께 간식도 사다 주고, 공작도 함께 보러 가주고, 꼭 아들 같았어."

홍 씨가 말을 막았다.

"그렇게 말하니까 꼭 근본 없는 사람처럼 보이는구나!"

이보는 손톱을 깨물며 웃음을 참았다. 수영도 웃었다.

"오늘 저녁에 대관원으로 초대했는데, 갈래?"

이보는 입을 벌리고 난처한 표정을 지으며 말했다.

"난 조금 어려우니까, 오빠보고 가라고 해."

"오빠와 같이 가면 좋지."

박재가 말했다.

"나를 초대하지 않았는데, 내가 왜 가?"

이보가 말했다.

"모두 초대했어. '왜 오빠도 마차 타러 오지 않았느냐'고 물어서 '객잔 방에 아무도 없잖아요.'라고 하니까 '나중에 오빠를 초대해서 연극 보러 가죠.'라고 했다니까."

수영이 말했다.

"지금 여섯 시 반이니까, 곧 초대하러 올 거야. 우리 얼른 저녁 먹자."

이에 객잔 사환에게 저녁을 가져오라고 재촉했다. 네 사람이 한자리에서 먹었다.

저녁을 먹은 후, 어떤 사람이 대관원의 등불을 들고 와서 초대장을 올리며 계단 가까이 와서 '초대합니다' 하고 소리쳤다. 박재가 황급히 받아 들고 초대장을 읽으니, 부인, 도련님, 두 명의 아가씨를 초대하는 글이 쓰여 있고, 아래에는 '시(施)' 자가 적혀 있었다. 이보가 말했다.

"어떻게 답하지?"

수영이 말했다.

"당연히 가서 말해야지!"

박재가 소리를 높여 명을 전하자, 초대하는 사람은 물러갔다. 이보가 화난 척하며 말했다.

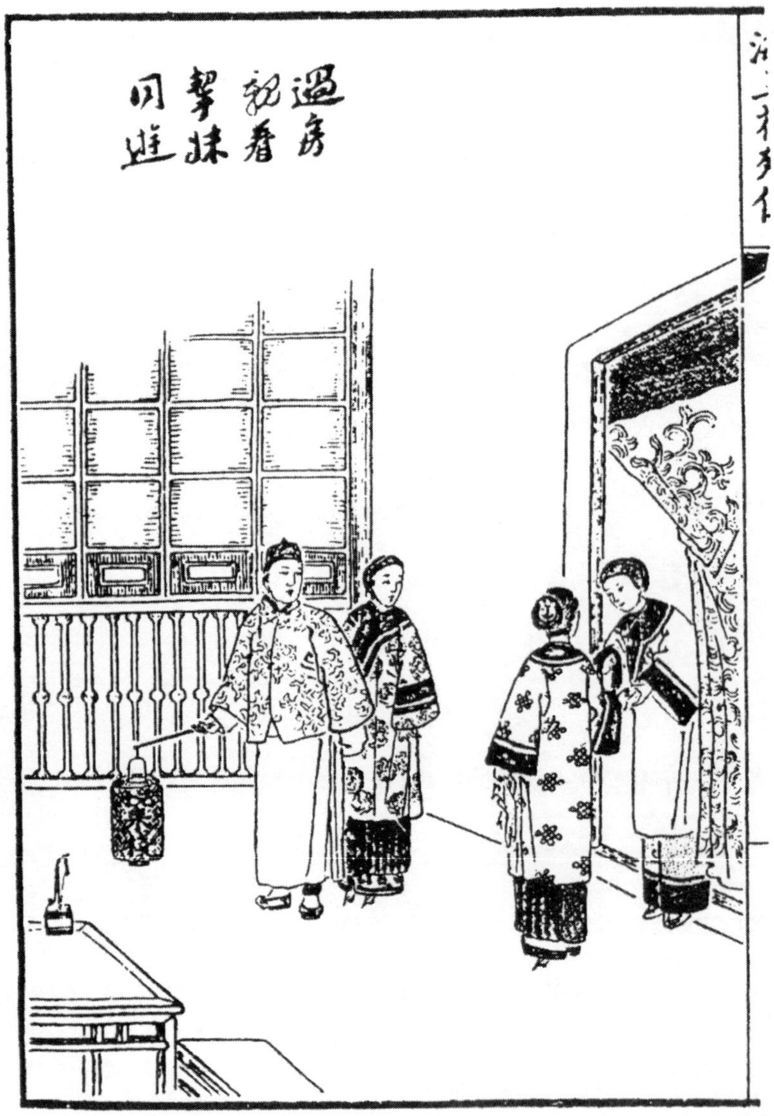
過房親眷
挈妹同遊

"언니나 가서 말해. 나는 연극 보는 거 그다지 좋아하지 않아!"

"내숭 떨지 마, 시원시원한 사람이 이러면 안 되지!"

수영은 계속 이보에게 옷을 갈아입으라고 재촉했다. 이보가 말했다.

"그러면 천천히 해, 뭐가 그렇게 바빠!"

먼저 거울을 비춰보고 살짝 분과 연지를 발랐다. 월백색의 호주산 주름 저고리 옷을 입었다. 치장을 끝내고 가려는데, 박재가 말했다.

"나는 사양할래."

수영이 그 말을 듣고 오히려 웃으며 말했다.

"네 동생한테 배웠어?"

박재가 억지로 변명을 했다.

"아니야, 대관원 연극을 거의 다 봤기 때문에 재미없어."

"그가 자리 한 칸을 모두 빌렸어. 겨우 우리 몇 명이 다인데, 만약 가지 않으면 돈만 아까워. 재미없어도 봐."

박재는 사실 볼 생각이었지만 말로는 사양한다고 했던 것이었다. 그래서 모친과 누이의 표정을 흘낏 살펴보았다. 이보가 말했다.

"언니도 보러 가자고 하니까, 보러 가도 될 거야. 어머니, 안 그래요?"

홍씨도 말했다.

"수영이도 말했으니 당연히 보러 가야지. 보고 나서 같이 돌아와. 다른 곳에 가지 말고."

수영은 홍 씨에게도 청했다. 홍 씨는 정말 가지 않겠다고 했다. 박재는 신이 나서 열래 객잔이라는 글이 쓰인 등롱을 구해 앞장서서 길을 인도했다. 대관원은 여관 가까이에 있기 때문에 장수영과 조이보는 조박재를 따라 걸어갔다.

---

1 网船 : 그물을 쳐서 짐을 실을 수 있게 만든 배

2 당시 남자들은 양쪽 귀밑머리를 완전히 깎았다. 오랫동안 이발을 하지 않아 지저분하게 자라났다는 뜻이다.[장]

3 원래는 한의학에서 육음(六淫)의 하나로 외감질병 가운데 열의 속성이 더 심한 사기(邪氣)를 뜻하거나 태양상한(太陽傷寒)을 화훈법(火熏法)으로 잘못 치료한 것을 말하기도 한다. 일종의 외열 스트레스이다. 화사로 인한 증세 중에 심장이 두근거리고 수면장애, 불안 증상을 보이기도 한다.

30

새로 이사한 가족은 객잔에서 남자 하인을 고용하고, 늙은 이발사는 찻집에서 불효를 말하다

新住家客棧用相幫 老司務茶樓談不肖

조박재는 누이동생 조이보와 장수영을 대관원 이 층 특별석으로 데리고 올라갔다. 그들을 초대한 젊은 주인은 설청색[1]의 홑겹 비단장삼과 짙은 남색과 붉은 비단 색실이 섞인 마고자를 입고 특별석 안쪽에 혼자 앉아 있었다. 박재는 그가 시서생인 것을 알았지만, 서로 인사를 나눈 사이는 아니었다. 시서생은 그들을 보자 아주 기뻐하며 황급히 자리에서 일어났다. 그는 만면에 웃음을 띠고 수영과 이보의 손을 잡고 난간 쪽 자리로 앉히고, 박재에게도 자리를 안내했다. 박재는 등롱을 내려놓고 뒤쪽에 앉았다. 그러자 서생이 앞쪽 자리로 오라고 잡아당겼고, 박재는 그와 모습이 서로 비교되어 부끄러워 안절부절 어쩔 줄을 몰라 했다. 다행이 서생이 수영의 귀에 대고 속삭이고, 수영이 다시 이보에게 귓속말로 전해줘서 박재를 한쪽에 앉게 했다. 그제야 박재는 자유롭게 연극을 볼 수 있었다.

이 대관원에는 최고의 배우들이 많았다. 그중 가장 뛰어난 배우는 무소생[2] 배역을 맡고 있는 소류아(小柳儿)로, 그의 연기와 노래는 따라올 자가 없었다. 그날 저녁 소류아는 마지막에 나와 〈취병산(翠屏山)〉[3]의 석수를 연기했다. 반교운이 욕하고 따지고, 반교운의 아비 반노장이 설득하고 달래는 장면을 연기할 때, 소류아는 감정을 실은 격앙된 목소리로 늠름한 기개를 드러내며 노래했다. 주점에서는 단도를 가지고 연기를 하는데, 마치 섬광이 온몸을 감아들 듯이 날아다니는 것 같았다. 과연 명불허전이었다!

〈취병산〉이 끝나자 시간은 벌써 열두 시를 넘기고 있었다. 극장은 순식간에 사람들이 자리에서 일어서고 나가느라 시끌벅적해졌다. 관객들은 서로 뒤로 밀리게 될까 봐 앞다투어 나가다 보니 문 입구에서 막히고 말았다. 시서생이 말했다.

"우리는 천천히 나가는 게 좋을 것 같군요."

그리고 조박재에게 등롱을 들고 앞서게 하고 시서생 자신은 뒤에서 장수영과 조이보를 보호하며 열래 객잔으로 왔다. 이보가 먼저 앞으로 나가서 방문을 열고 '어머니' 하고 불렀다. 홍 씨는 침대에 비스듬히 누워 있다 벌떡 일어났다. 박재가 물었다.

“왜 안 주무셨어요?”

“기다리고 있었지. 잠이 들면 누가 문을 열어줘?”

수영이 말했다.

“오늘 밤 연극 정말 좋았는데, 어머니도 보러 가셨으면 좋았을 텐데요.”

서생이 말했다.

“연극은 토요일 저녁이 제일 좋아요. 오늘은 수요일이니 며칠 뒤에 다시 어머니와 같이 보러 갑시다.”

홍 씨는 서생의 목소리를 듣고 ‘도련님’이라고 부르며 자리를 권하고 감사를 표했다. 이보는 객잔 사환에게 차를 가져오라고 하고, 수영은 아편 소반을 침대 위에 내려놓고 서생에게 아편 불을 붙여주었다. 박재는 아편 소반이 있는 곳으로 가지 않고 한쪽 구석으로 가 있었다. 홍 씨가 말했다.

“도련님, 정말 면목이 없습니다. 이틀 동안이나 우리를 여러 차례 초대해줬잖아요. 내일은 돌아가야 한답니다.”

서생이 다급하게 말했다.

“가지 마십시오. 어머니께서는 늘 이러신다니까! 상해에 오기 쉽지도 않은데, 당연히 며칠은 더 놀다 가셔야죠.”

“솔직히 이곳 객잔은 네 사람 방값으로 하루 팔백 전이에요. 지출이 만만치 않지요. 하루라도 빨리 돌아가는 것이 좋아요.”

“괜찮습니다. 저에게 방법이 있어요. 고향에서보다 더 절약할 수 있을 겁니다."

서생은 말하느라 꼬챙이에 타고 있는 아편 액이 계속 흘러도 모르고 있었다. 수영이 흘낏 보고 급히 다가가 위쪽에 누워 꼬챙이를 받아 들어 대신 불을 붙여주었다. 이보는 자기 침대에서 동전 꾸러미를 가져와 몰래 박재에게 건네주며 간식을 사 오라고 했다. 박재는 돈을 받아 들고 주방으로 가서 큰 그릇 하나를 얻어 객잔 사환에게 시키지 않고 직접 보선가로 사러 나갔다. 그러나 유감스럽게도 밤이 깊어 가게 문들이 대부분 닫혀 있어서 백엽[4] 여섯 개를 사서 셋으로 나누어 그릇에 담아 들고 들어왔다. 이보가 눈살을 찌푸렸다.

"오빠도 참, 왜 이런 걸 사 왔어!"

"다른 게 없었어."

서생이 침대에서 내려와 보고 말했다.

"백엽. 정말 좋지요. 내가 좋아하는 건데."

서생은 예의를 차리지 않고 대나무 젓가락을 들고 하나를 열심히 먹었다. 이보는 그릇 하나를 홍 씨에게 드리고 수영도 불렀다.

"언니도 와서 먹어."

수영은 창피해서 성난 목소리로 말했다.

"안 먹어!"

이보가 웃으며 말했다.

"그러면 오빠가 와서 먹어!"

박재는 한입에 다 먹고, 객잔 사환에게 빈 그릇을 가져가라고 했다.

서생은 아편을 더 피우고 작별인사를 하고 떠나갔다. 박재는 그제야 수영과 시서생이 어떤 관계인지를 물었다. 수영이 웃으며 말했다.

"내 친척을 네가 알 리 없지. 서생 오빠 어머니가 바로 내 수양어머니셔. 내가 세 살 때 수양딸이 되었는데, 작년 용화에서 우연히 만났어. 처음에는 모두들 모르고 있다가 말하고 보니 딱 맞는 거야. 그때 서생 오빠 집에서 사흘을 묵었는데, 지금은 친척으로 지내고 있어."

박재는 더 이상 묻지 않고 가만히 있었다. 그날 밤 이야기는 하지 않겠다.

다음 날 오후 서생이 객잔으로 왔다. 객잔에서 묵고 있는 사람들은 막 점심을 먹고 난 뒤라 정리를 다하지 못한 상태였다. 수영은 이보를 재촉했다.

"빨리 해! 우리 오늘 물건 사러 가야지."

"난 물건 사지 않을 거야, 언니만 가."

서생이 말했다.

"그러면 우리 물건 사러 가지 말고 그냥 구경이나 하러 갑시다."

수영이 말했다.

"이보 말 곧이듣지 마세요. 내가 이 애 성격 잘 알아요. 조금만 있으면 갈 거예요."

이보가 이 말에 냉소를 지으며 침대에 도로 누웠다. 수영이 말했다.

"화났니?"

"누가 한가해서 언니에게 화를 낸대?"

"그러면 갈 거지?"

"아니, 가면 뭐 하게. 지금 언니는 내가 갈 거라고 생각할 테지만, 난 절대 안 가."

수영은 이보의 고집을 익히 알고 있어 되돌리기 어렵다고 생각했다. 그녀는 서생을 돌아보며 입을 삐죽거렸다. 서생은 웃으며 침대로 가서 올라앉아 '누이는 이렇고, 누이는 저렇다'라며 한참을 수다를 늘어놓고 나서 놀러 나가자고 부추겼다. 이보는 고집을 피우며 일어나지 않았다. 수영이 말했다.

"내가 잘못했어, 서생 오빠 얼굴을 좀 봐서 용서해줘, 응?"

이보는 또 냉소만 지었다. 홍 씨는 맞은편 침대에 앉아 무슨 말인지 알아듣지 못하고 '이보' 하고 불렀다.

"그러면 안 돼. 서생 오빠가 말하고 있잖아, 어서 일어나."

이보는 화를 냈다.

"어머니는 가만 계세요, 뭘 아신다고 그러세요!"

서생은 말이 빗나가는 것을 느끼고 껄껄 웃으며 화제를 돌렸다.

"우리도 가지 말고, 여기에 앉아 이야기하는 것도 좋겠네."

그리고 서생은 자리에서 일어나는데, 박재가 창가에 기대어 앉아 고개를 숙이고 신문을 자세히 읽고 있는 것을 보았다. 그래서 물었다.

"새로운 소식이라도 있어요?"

박재는 두 손으로 신문을 그에게 주었다. 서생은 신문을 받아 들고 한 단락을 골라 손으로 짚어가며 읽으며 이야기해주었다. 수영과 박재는 그를 따라 깔깔 웃었다.

이보는 처음에는 모르는 체하다가 서생의 말이 우스워 더 이상 참지 못하고 갑자기 침대에서 내려와 뒤쪽 박재가 자는 작은 방으로 가서 소변을 보았다. 수영은 입을 가리고 몰래 웃었다. 서생은 손을 내저으며 그녀를 말렸다. 이보가 방에서 나오자 서생이 신문을 내려놓고 다른 재미난 이야기를 들려주었다. 이보는 자기도 모르게 웃고 말았다. 수영은 일부러 이보가 어떻게 나올까 하고 흘낏 엿보았다. 이보는 지루해하며 홍 씨 곁에 바짝 붙어 앉아 가슴에 머리를 묻고 애교를 떨었다.

"어머니, 보세요! 저를 속이고 있잖아요!"

수영이 큰 소리로 말했다.

"누가 너를 속여? 재 말하는 것 좀 봐!"

홍 씨가 말했다.

"언니가 너를 속이겠어? 쓸데없는 소리 하지 마라!"

서생이 손뼉을 치며 자지러지게 웃고, 박재도 따라 웃자 끝없던 말다툼도 한쪽으로 밀려났다. 서생은 다시 은근히 놀려

나가자고 이보를 부추겼다. 이보는 순간 말을 바꿀 수 없어 못 들은 체했다. 서생은 그 뜻을 이내 알아차리고 월백색의 홑겹 저고리를 가지고 와서 직접 이보에게 입혀주었다. 수영은 벌써 단장을 끝내고 기다리고 있었다. 이에 세 사람은 홍 씨에게 인사를 하고 나갔다. 조박재만 홍 씨를 모시고 객잔에 남았다. 홍 씨는 지난밤에 잠을 푹 자지 못해 낮잠을 잤다. 박재는 답답해서 물담뱃대를 쥐고 응접실로 나가 한가운데 놓여 있는 교의에 걸터앉아 회계 선생과 한담을 나누었다. 등을 올릴 시간까지 이야기를 나누어도 세 사람은 돌아오지 않았다. 객잔 사환이 물었다.

"저녁 올릴까요?"

박재가 홍 씨에게 가서 어떻게 할지 물어보니, 홍 씨는 먼저 저녁을 먹자고 했다. 두 사람이 저녁을 먹고 있는데, 갑자기 객잔 문 입구에서 웃음소리가 들려왔다. 수영은 옷보자기를 들고 이보는 종이 꾸러미를 들고서 모두 볼이 발개져서 희희낙락거리며 방으로 들어왔다. 홍 씨가 먼저 저녁을 먹었는지 물었다. 수영이 말했다.

"예, 서양식당에서 먹었어요!"

이보가 앞으로 나서며 말했다.

"어머니, 드셔보세요."

이보는 종이꾸러미 속에서 새우만두를 손으로 집어 홍 씨에게 주었다. 홍 씨는 한 입 먹어보고 입맛에 맞지 않아 박재에게 주었다. 박재가 시서생은 어디에 있는지 묻자 수영이 말했다.

"일이 있어 문 앞까지 바래다주고 인력거 타고 갔어."

홍 씨와 박재가 저녁을 끝내자 이보가 다시 옷 꾸러미를 풀었다. 붉은 비단실이 들어간 옥색 홑적삼을 박재에게 보여주며 값을 매겨보라고 했다. 박재는 가장자리에 구름이 말려 있는 문양을 보았다. 바로 요즘 유행하는 문양인 것을 알고 혀를 빼 물었다.

"십 원은 되겠는데!"

"십육 원이야. 난 내키지 않았는데, 언니가 사줬어. 나는 사실 조금 짧은 게 마음에 안 들었거든. 한 번 입어봤는데, 의외로 어울린다고 언니가 나보고 사랬어. 내가 돈이 없다고 하니까 언니가 '네가 입고, 나중에 다시 이야기해.'라고 했어."

박재는 한 마디도 하지 않았다. 이보는 서너 벌의 비단 옷을 꺼내며 모두 언니가 사준 것이라고 했다. 박재는 더더욱 아무 말을 하지 않았다.

이날 밤은 모두 외출하지 않았다. 박재는 일이 없어 일찍 잤다. 수영과 이보가 앞에서 소곤소곤 이야기를 나누어도 박재는 신경 쓰지 않고 점점 잠에 빠져들었다. 그런데 잠결에 누이 이보가 계속 '어머니, 어머니' 하고 부르는 소리가 들렸다. 박재는 놀라 깨어나 누이에게 무슨 일이냐고 물었다. 이보가 아무것도 아니라며 손사래를 쳤다. 홍 씨도 일어나 수영과 이보와 소곤소곤 거렸다. 박재는 전혀 개의치 않고 해가 창을 가득 비출 때까지 잠을 잤다. 수영과 이보는 벌써 일어나 앞쪽 방에서 머리를 빗고 있었다. 박재는 속으로 늦잠을 잤구나 하고 황급히 옷을 걸치고 나왔다. 그러나 모친 홍 씨가 침상에서 이불을 덮고 있는 것을 보고서야 시간이 이르다는 것을 알게 되었다. 그는 객잔 사환에게 세숫물을 가져오라고 했다. 이보가 말했다.

"우리는 간식 먹었어. 오빠도 먹고 싶으면 사 오라고 해."

박재는 아무 말도 하지 않았다. 수영이 말했다.

"아니면 탕단[5] 두 개 사 오라고 할까?"

박재가 말했다.

"좋아."

객잔 사환은 돈을 받아 들고 갔다. 박재는 다른 물건을 놓을 틈도 없이 탁자 위에 머리 도구들이 널려 있는 것을 보고 황급히 물담뱃대를 가지고 응접실에 가서 앉았다. 탕단을 먹고 나서 회계 선생과 한담을 나누었다. 잠시 후, 갑자기 이보가 방에서 큰 소리로 '오빠' 하고 불렀다.

"어머니가 부르셔."

박재는 대답을 하고 방으로 들어갔다. 그때 수영과 이보는 대충 단장을 끝내고 침대 끝에 앉아 있었다. 홍씨 역시 일어나 편안하게 앉아 있었다. 박재가 옆에 앉아 지시를 기다리는데, 여덟 개의 눈이 서로 쳐다만 볼 뿐 한참 동안 아무 말이 없었다. 이보가 참지 못하고 재촉하듯 말했다.

“어머니, 오빠에게 말씀하세요.”

홍 씨가 말하려다 말고 갑자기 ‘휴’ 하고 한숨을 쏟아내었다.

“수영 오빠 서생도 얼마나 좋은 사람인지 며칠 동안 우리를 데리고 놀러다녔잖아. 내가 ‘객잔 방값이 너무 비싸다.’라고 했더니 서생이 ‘청화방’에 방 두 칸이 비어 있고, 세 들어 살 사람도 없으니 그곳으로 옮기시면 약간 절약할 수 있을 겁니다.’라고 하지 뭐냐.”

수영이 가로채며 말했다.

“서생 오빠 방은 방값이 필요없어. 우리가 직접 밥 해 먹으면 하루에 겨우 이백 전 정도니까, 여관보다 훨씬 절약할 수 있지! 난 어제 그렇게 하겠다고 대답했어. 네 생각은 어때?”

이보가 이어서 말했다.

“요즘 하루 방값이 네 사람이면 팔백 전이 드는데, 이사하면 육백 전을 절약할 수 있으니 좋지 않아?”

박재는 어찌 좋지 않다고 말할 수 있겠는가, 다만 고개를 숙이고 그러겠다고 대답할 뿐이었다.

식사가 끝나자, 시서생이 남자 하인 한 명을 데리고 왔다.

“짐 다 쌌습니까?”

수영과 이보는 같이 웃었다.

“우리가 쌀 짐이라도 있나요!”

서생은 남자 하인에게 짐을 옮기라고 했다. 박재는 상자와 이불을 싸는 것을 도왔다. 박재는 바퀴가 하나인 수레를 불러 그 남자 하인과 함께 먼저 청화방으로 갔다. 조박재가 보니, 두 칸짜리 방의 유리창은 투명하고 문양을 오린 종이가 선명하게 붙어 있었다. 부뚜막 솥과 도구들이 다 갖추어져 있고, 이 층 두 개의 방에는 최신식의 영파산 가구가 있었다. 침대, 탑상, 탁자, 의자는 가지런하게 놓여 있고, 가스등, 전신거울도 다 갖추어져 있었다. 부족한 것이라면 서예, 그림, 주렴, 휘장뿐이었다. 그 뒤로 시서생이 홍 씨, 장수영, 조이보를 안내하며 방으로 들어왔다. 홍 씨는 집을 둘러보고 감탄했다.

"우리 고향에 어디 이런 집이 있을까! 도련님, 이거 정말 도련님을 곤란하게 만드는 건 아닌지 모르겠어요!"

서생은 극구 아니라며 겸손하게 말했다. 또한 그 자리에서 수영과 이보가 이 층 방 두 개를 각각 사용하고, 홍 씨는 정자간에서 지내고, 박재와 남자 하인은 아래층에서 지내는 것으로 의견을 모았다.

잠시 후 날이 저물자, 취풍원에서 한상 가득 음식을 차려 보냈다. 서생은 수영의 방이 따뜻하다며 그곳에 상을 차리게 했다. 홍 씨는 계속 고맙다는 말만 했다. 모두들 원탁에 둘러앉아 예절을 따지지 않고 편안하게 식사를 했다.

식사 도중에 수영이 갑자기 말을 꺼냈다.

"내가 깜박 잊고 있었는데 기녀들을 안 불렀네. 두어 명 부르면 정말 좋을 텐데!"

이보가 말했다.

"서생 오빠가 불러요, 우리는 보고만 있을게요."

홍 씨가 말렸다.

"이보야, 그러면 안 되지. 또 꾀부린다. 서생 오빠는 점잖은 분이야. 기루에는 한 번도 놀러 간 적이 없을 텐데, 어떻게 부르겠어!"

박재도 하고 싶은 말이 있었으나, 마음이 켕겨 망설이다 끝내 입을 다물었다. 서생이 웃으며 말했다.

"나만 부르면 재미없어. 내일 내가 친구 두 명을 여기서 저녁 초대할게. 그래야 시끌벅적하지."

이보가 말했다.

"오빠도 불러봐, 오는지 안 오는지 보고 싶어."

수영은 손으로 이보의 어깨와 등을 치며 말했다.

"나도 부를 거야, 바로 너!"

"조이보란 이름은 없을 거고, 장수영 언니 이름은 서넛 있을 거야! 세련된 기녀라야지 사람들이 부르잖아!"

이 몇 마디 말에 수영은 조바심이 나서 이보의 입을 꼬집으려고 했다. 이보는 웃으며 도망을 갔다. 서생이 자리에서 일어나 그들을 진정시키며 탑상으로 가서 아편을 피웠다. 홍 씨는 네 번째 요리가 올라오자, 남자 하인에게 밥을 올리라고 했다. 박재는 과음으로 술기운을 이기지 못하여 어머니와 함께 식

秋住家
宝棧用
相幫
海上花列傳
第三十回
三十六

사를 하고 어머니를 정자간으로 모셔드렸다. 그는 아래층에서 불을 켜고 옷을 벗고 편안하게 잠을 잤다. 잠깐 잠을 깬 그는 갈증이 나서 다시 옷을 걸치고 손으로 더듬어가며 주방으로 들어갔다. 그리고 황토 찻주전자를 찾아 두 손으로 받쳐 들고 꿀꺽꿀꺽 마셔댔다. 남자 하인은 물항아리 뚜껑 위에 웅크리고 앉아 꾸벅꾸벅 졸고 있었다. 박재가 그를 깨워 술자리가 끝났는지 물어보니 서생이 아직 있다고 했다. 박재는 더듬어가며 방으로 돌아갔다. 이 층에서 웃음소리와 이야기소리가 들려오고 그 사이사이 물담배를 피우는 소리도 들려왔다. 박재는 불심지를 끄고 다시 잠을 청했다. 이번에는 아무것도 모르는 어둠 속에서 마치 죽은 듯이 잠을 잤다. 남자 하인이 머리맡에서 부르자, 박재는 놀라 일어났다.

"내가 잠이 들었나?"

"도련님은 가셨고, 날도 밝았어요. 그래도 더 주무시게요?"

박재는 부엌에서 세수를 하고 위층으로 살금살금 올라갔다. 홍 씨는 혼자 정자간에서 머리를 빗고 있고, 앞방에는 담뱃불이 아직 꺼지지 않은 채로 있었다. 수영과 이보는 옷을 입은 채로 아편침대에 누워 있었다. 박재가 주렴을 걷고 방으로 들어가니, 수영이 먼저 깨어나 자리에 앉았다. 그리고 가슴 속에서 초대장 한 장을 꺼내 박재에게 '지(知)'자를 쓰라고 했다. 박재가 보니 오늘 밤 시서생이 술자리를 여기로 옮기려는데, 조박재 자신과 장신제를 초대한다는 내용이었다. 게다가 진소운과 장여보 두 사람도 있었다. 박재가 망설이며 말했다.

"오늘 밤은 난 정말 사양해야겠는데."

수영이 물었다.

"왜?"

"누굴 만나면 난처해져."

"우리 신제?"

"아니."

"그러면 누구?"

박재는 솔직하게 말하려 하지 않았다. 그때 마침 이보가 일어나는 소리를 듣고 박재는 이보의 귀에 대고 그 이유를 조용히 말해주었다. 이보가 고개를 끄덕이며 말했다.

"알았어."

수영도 더 이상 억지로 초대하지 않고, 남자 하인을 불러 초대장을 건네주며 보내라고 했다.

박재는 두 시가 되자 뻔뻔하게도 누이에게 동전 삼 각을 달라고 하고서 어머니에게 말하고 문을 나섰다. 처음에는 사마로에서 빙빙 돌다가 보선가로 돌아 들어가 그 김에 열래 객잔으로 가서 회계 선생을 찾는 체하며 그와 이야기를 나누려고 했다. 문 앞에 이르자, 뜻밖에 안에서 나오는 사람과 정면으로 부딪혔다. 그 사람은 남색의 짧은 구식 양복을 입고 있는데, 등에는 작은 보따리를 지고 있었다. 두 갈래 짧은 수염이 날리듯 나 있고, 분노의 기색이 역력해서 감히 막아설 수도 없었다.

그런데 박재는 그 사람이 이발사 오소대라는 것을 알고 깜짝 놀랐다. 오소대는 박재를 보자, 순간 반색을 하며 말했다.

"자네 보러 왔는데, 어디로 이사했나?"

박재는 대충 말해주었다. 오소대는 그의 손을 잡고 서서 오랫동안 재잘거렸다. 박재가 말했다.

"모퉁이에 있는 찻집에 차 마시러 가시지요."

오소대는 좋다고 말하고 박재를 따라 석로 입구 송풍각으로 갔다. 그들은 '담상련(淡湘蓮)'을 시켰다. 오소대는 보따리를 내려놓고 박재와 마주 앉아 잔을 들고 서로 양보하며 차를 마셨다.

오소대는 갑자기 눈에 노기를 띠고 팔을 걷어붙이며 박재에게 물었다.

"물어볼 게 있네. 자네도 우리 송교와 함께 놀았나?"

박재는 그의 갑작스런 질문에 무슨 일인지 몰라 마음이 콩닥거렸다. 오소대는 탁자를 치며 미간을 찌푸리고 말했다.

"안 돼! 자네처럼 젊은 사람은 상해에서 그 애에게 사기 당하고 말거야! 송교 같은 파렴치는 절대 알고 지내면 안 돼."

박재는 여전히 놀란 토끼 눈을 하고 멀뚱히 쳐다보기만 하고 아무 대답도 내놓지 못했다. 오소대가 다시 콧방귀를 끼며 말했다.

"내가 자네에게 한 마디만 하지. 그 애는 아버지인 나도 모른 체하는데, 친구인 자네라고 아는 체하겠어!"

박재는 그제야 그가 왜 이런 말을 했는지 조금이나 알게 되어 웃으며 그 까닭을 물었다. 오소대는 정색을 하며 말했다.

"내가 아버지 노릇을 한다고 했지만 가난하긴 했지. 고생을 바가지로 했으니까. 내가 상해에 온 것은 아들에게 신세를 지고 싶어서 그런 게 아니야. 우리 아들이 돈을 벌었다고 하는데, 아들을 찾아가서 체면을 세워주려고 했던 거지. 몹쓸 놈이라는 것을 누가 알았겠나! 내가 세 번이나 찾아갔는데, 그때마다 일터에서는 없다고 하니 어쩔 수 없었지. 그런데 내가 네 번째 찾아갔을 때, 안에서 코빼기도 보이지 않고 동전 사백 전을 들고 와서 주면서 이 돈으로 배 타고 돌아가라고 했다는 거 아냐! 내가 그 애 돈 사백 전 쓰려고 기다렸어? 내가 돌아가려고 했으면 구걸해서라도 돌아갔지. 내가 그 애 돈 사백 전을 쓰겠어!"

오소대는 이 이야기를 하면서 갑자기 대성통곡을 하였다. 박재는 애써 그를 위로해주며 오송교에 대한 섭섭함을 풀라고 했다. 한참 뒤 오소대는 눈물을 훔치며 말했다.

"나도 잘못했어. 상해에 가서 일하라고 했으니까. 상해 이 양놈의 땅은 좋은 곳이 아니야."

박재도 짐짓 탄식을 하는 체했다. 대 여섯 번 차를 더 우려 마시고, 박재가 찻값으로 일 각을 냈다. 오소대는 대충 고마움을 표하고 보따리를 지고 함께 찻집에서 나와 헤어졌다. 오소대는 일휘항에 가서 배를 찾아 타고 고향으로 돌아갔다. 조박재는 보선가를 천천히 걸으며 저녁을 어떻게 먹을지 생각했다.

---

1 설청색은 남색빛을 띠는 보라색이다.

2 武小生 : 경극에서 젊은 장수의 역할을 맡는 배역을 말한다.

3 경극 작품이다. 반교운은 양웅의 아내이고, 석수와 양웅은 의형제를 맺은 사이이다. 석수는 양웅의 아내 반교운은 승려 배여해와 사통하는 것을 목격하고 양웅에게 알린다. 그런데 반교운은 도리어 양웅이 석수와 절교하게 만들고, 이에 석수는 반교운을 취병산으로 유인하여 진상을 밝히고 양웅은 반교운을 죽인다. 이 이야기는 『수호전(水滸傳)』에 나온다.

4 百葉 : 탕 속에 데운 두부피에 고기를 말아 싼 것으로, 춘권보다 크다.

5 만두와 비슷하지만 찹쌀로 빚는다. 남방 지역에 유행하는 요리이다.

31

집안 어른의 원망에 친족의 정이 끊어지고, 방씨의 비웃음에 한통속이었던 마음이 틀어지다

長輩埋冤親情斷絕 方家貽笑臭味差池

박재는 가지고 있는 돈을 탈탈 털어보니 이 각과 동전 몇 닢밖에 없었다. 그래서 석로에 있는 작은 음식점으로 가서 황어요리와 국이 딸려 나오는 밥을 먹었다. 그런 뒤 보선가 대관원에 가서 입석으로 연극을 보고 집으로 돌아왔다. 그때 열두 시를 알리는 종소리가 들렸다. 청화방의 집집마다 유리등이 켜져 있었다. 그러나 박재가 머물고 있는 집은 불이 꺼져 있고 대문도 잠겨 있었다. 박재가 두 번 문을 두드리자 남자 하인이 열어주었다. 박재가 물었다.

"술자리는 모두 끝났나?"

"한참 됐어요. 큰 도련님만 계십니다."

계단 쪽에 함석등이 걸려 있어서 안은 오히려 밝았다. 그는 천천히 올라갔다. 정자간에서 이야기 소리가 들려와서 주렴을 걷고 들어갔다. 모친 홍 씨는 아직 자지 않고 침대에 앉아 있고 장수영과 조이보도 침대 끝에 나란히 앉아 한참 재잘거리고 있었다. 홍 씨가 박재를 보자 먼저 물었다.

"저녁은 먹었냐?"

"예."

박재가 물었다.

"서생 형은 갔어요?"

수영이 말했다.

"아니, 자고 있어."

이보가 말을 가로챘다.

"우리가 새로 고용한 여자 하인이 있는데, 볼래?"

이보는 곧바로 큰 소리로 '아교' 하고 불렀다. 아교가 대답을 하며 수영 방에서 건너와 한쪽에 섰다. 박재는 이 여자 하인이 낯은 익은데, 순간 생각나지 않았다. 그런데 '아교'라는 이름을 듣자 갑자기 떠올랐다.

"혹시 위하선 집에서 왔니?"

"그 집에서는 두 달 지냈고, 지금은 장혜정 집에서 왔어요. 절 본 적 있어요? 저는 기억이 안 나는데."

박재는 더 이상 말하지 않고 씩 웃었다. 수영과 이보 역시 캐묻지 않았다. 모두들 또 술자리 이야기를 시작했다. 박재가 물었다.

"몇 명 불렀어?"

수영이 말했다.

"모두 한 사람씩 불렀는데, 그렇게 예쁘지도 않더라."

이보가 말했다.

"오히려 요이 그 두 사람이 조금 더 예뻤어."

박재가 물었다.

"신제는 불렀어?"

수영이 말했다.

"신제는 시간이 없어서 안 왔어."

"서생 형은 누구를 불렀어?"

이보가 말했다.

"육수보를 불렀는데, 그 육수보가 참 예뻤어."

박재가 놀라며 말했다.

"서기반가 취수당의 육수보?"

수영과 이보가 일제히 대답했다.

"그래, 어떻게 알아?"

박재는 겸연쩍게 웃기만 하고 말을 꺼내지 못했다. 수영이 웃으며 말했다.

"상해에 온 지 두 달밖에 안 됐는데, 기녀고 하녀고 다 만났구나!"

이보가 콧방귀를 뀌며 말했다.

"기녀와 하녀 아는 게 무슨 체면 세우는 거야!"

박재는 무안하여 뒷걸음치며 정자간에서 나와 수영의 방으로 몰래 들어갔다. 시서생이 탑상에 가로질러 누워 코를 골며 자고 있었다. 서생의 얼굴에 술기운이 가득했다. 앞뒤로 높이 달려 있는 두 개의 가스등이 새로 붙인 종이 문양을 비추어 눈이 부셨다. 중앙의 네모난 탁자 위에는 기름기로 반질반질한 회전원판이 그대로 있고 문 옆에는 수박씨 껍질과 닭고기, 생선 뼈들이 수북하게 쌓여 있었다. 박재는 서생의 잠을 방해하지 않으려고 아래층 자기 방으로 돌아갔다. 남자 하인은 일찌감치 구석에 있는 널빤지 침대 위에서 죽은 시체처럼 꼿꼿한 자세로 자고 있었다. 박재는 침대 앞 탁상에 놓인 등의 심지를 돋워 불을 밝히고 옷을 벗고 누웠다.

얼마나 흘렀을까. 눈을 떠보니 시간은 이미 정오를 넘기고 있었다. 박재는 황급히 일어났다. 남자 하인이 세숫물을 부어주어 세수를 하고 나니, 아교가 와서 말했다.

"이 층으로 오세요."

박재는 아교를 따라 이 층 수영의 방으로 갔다. 시서생은 누워 아편을 피우며 고개를 끄덕이며 인사를 했다. 수영과 이보는 바깥방에서 머리를 빗고 있었다. 잠시 후, 아교가 홍 씨를 청하고 원판 위에 젓가락 다섯 벌을 놓았다. 남자 하인은 큰 쟁반을 들고 왔다. 모두 어제 저녁 술자리에서 남은 음식으로, 족발볶음, 오리탕, 남퇴[1], 생선곤이 네 접시와 각종 탕, 볶음 요리를 한데 섞은 요리 한 접시가 있었다. 서생과 홍 씨 그리고 박재는 편하게 자리에 앉았다. 수영과 이보는 아직 치장을 덜 한 채로 남색의 서양 옷감으로 만든 조끼를 입고, 머리카락이 흘러내리지 않도록 귀밑 양쪽으로 비녀를 찌르고 방으로 들어왔다. 서생이 잔을 들어 술을 권했다. 수영과 이보는 한사코 거절하고 아교에게 밥을 가져오라고 해서 홍 씨와 함께 식사를 했다. 박재가 홀로 서생과 대작했다. 박재는 술을 한입에 털어 넣자마자 미간을 찌푸리며 말했다.

"술이 너무 뜨거운데."

서생이 대꾸했다.

"나는 감기 기운이 좀 있어서 그런지 약간 뜨거워도 괜찮습니다."

수영이 대꾸했다.

"오라버니가 잘못했네요. 아교가 침대에서 주무시라고 했는데도 왜 그러지 않으셨어요?"

이보가 말했다.

"우리 두 사람이 바깥방에서 자고 있는데, 날이 밝았는데도 기침을 하더군요. 혼자서 뭐하고 있었던 거예요?"

서생은 살짝 웃기만 하고 별다른 말을 하지 않았다. 그래서 홍 씨가 수다스럽게 말을 늘어놓았다.

"도련님, 몸이 허약하니 조심해야 해요. 어젯밤처럼 날이 밝다고 굳이 돌아간다고 했다간 한기 들어요. 여기에 있는 게 낫지요."

서생이 옷깃을 여미며 정색을 하고 말했다.

"어머니 말씀이 옳으십니다. 제가 조심할 줄 몰라요. 본인이 조심하는 게 제일 중요하죠."

수영이 말했다.

"감기 기운이 있으니까 술은 조금만 마셔요."

이보도 말했다.

"오빠도 마시지 마."

서생과 박재는 고분고분 술을 마시지 않았다. 점심을 끝내자 남자 하인과 아교가 올라와 자리를 정리했다. 박재는 아래층 부엌으로 내려가 대충 물수건을 짜서 손을 닦고 물담뱃대를 들고 응접실로 나갔다. 다리를 포개고 앉아 무슨 핑계를 대고 나가 이 무료함을 달랠까 하고 생각했다. 한참을 머리를 굴리고 있는데, 갑자기 누군가가 문을 두드렸다. 박재는 누구냐고 물었다. 문밖에서 들려오는 대답이 분명하지 않아 하는 수 없이 물담뱃대를 내려놓고 직접 나가보았다. 누가 알았을까, 다른 사람이 아니고 바로 박재의 외삼촌 홍선경이었다. 박재는 순간 얼굴이 사색이 되어 '외삼촌' 하며 두어 번 뒷걸음쳤다. 선경은 전혀 개의치 않고 노기를 잔뜩 띠며 소리를 쳤다.

"네 어머니 나오시라고 해!"

박재는 '예, 예' 하며 황급히 알리러 갔다. 그때, 수영과 이보는 화장을 다 끝내고 유행하는 머리 모양으로 단장하고 나서 홍 씨와 서생의 한담을 옆에서 거들고 있었다. 박재가 선경이 왔다는 사실을 알렸다. 서생과 수영은 마음이 켕기고 기가 꺾여 감히 나갈 엄두를 내지 못했다. 이보는 모친이 말실수라도 할까 하여 홍 씨를 따라 아래층으로 내려가 선경을 만났다. 선경은 인사도 하지 않고 화를 내며 홍 씨에게 물었다.

"누님은 나이가 들어서 머리가 어떻게 되셨습니까! 돌아가지 않고 여기서 뭐하시는 겁니까? 이곳 청화방이 어떤 곳인지 아세요?"

"진작에 돌아가려고 했다. 지금이라도 당장 돌아갈 수 있으면야 제일 좋지. 수영 아가씨가 며칠 더 놀고 가자고 하길래, 연극 두 번 보고, 마차 타고, 이런저런 물건들을 산다고 말이야."

이보가 옆에서 듣고 있다가 홍씨의 말에 요점이 없어 다급히 한발 앞으로 나가며 끼어들었다.

"외삼촌, 아니에요. 어머니 말씀은…."

말을 시작하려고 하는데 선경이 질타를 했다.

"난 네 어머니한테 말하는 거니까 너는 끼어들 생각 하지 마라! 너도 가서 거울을 좀 봐라. 무슨 꼴이야, 낯부끄러운 줄 모르는 계집 하고는!"

이보는 이 말을 듣고 얼굴이 하얘지며 수치심에 발갛게 볼이 달아올라 한쪽 구석으로 가서 눈물을 짰다. 홍 씨가 길게 한숨을 쉬고 천천히 말을 이어나갔다.

"그리고 그 서생 오라비도 얼마나 잘하는지…."

선경은 이 말을 듣고 더더욱 우레가 내리치듯 펄쩍 뛰며 큰 소리를 질렀다.

"그래도 서생 오라비란 자를 들먹이려고 합니까! 누님 딸이 그에게 속은 거예요, 아시겠어요?"

홍선경은 홍 씨 면상에 대고 몇 번이나 다그쳤다. 홍 씨도 깜짝 놀라 눈을 멀뚱히 뜨고 멍해져서 더 이상 말을 이어갈 수 없었다. 모두들 아무 말 없이 조용히 있었다.

이 층에서 수영이 시끄러운 소리를 듣고 아교를 보내어 상황을 보고 오라고 했다. 아교가 보니 박재는 중간문 뒤에 숨어 몰래 쳐다보며 발이 얼어붙었는지 꼼짝하지 않고 있고, 응접실에서는 아무 소리도 들리지 않았다. 잠시 후, 선경은 화를 누그러뜨리고 홍 씨에게 분명하게 말했다.

"다시 물어봅시다. 도대체 돌아갈 생각이 있는 겁니까?"

"왜 돌아갈 생각이 없겠어! 지금 나보고 어떻게 돌아가라는 거냐? 사오 년 겨우 모은 몇 푼 안 되는 돈도 저놈에게 다 털리고, 요번에 온다고 또 써버렸지. 이제는 여비도 마련할 수 없어!"

"여비는 여기에 있어요! 배 타고 지금 가세요!"

홍 씨는 입을 다물고 주저하며 말했다.

"돌아가는 게 제일 좋기야 하지. 어떻게 여비는 생겼다지만 수영 아가씨가 빌려준 삼십 원도 갚아야 하고, 고향에 가면 집

長輩埋冤
親情斷絕
海上花列傳
第三十一回
四十三

에는 땔감이며 쌀이며 찬거리 하나 없는데, 그건 누구와 상의해야 할지?"

선경은 한숨을 깊이 내쉬며 말했다.

"이런저런 이유를 대시지만 결국 돌아가지 않겠다는 말씀이시죠. 저도 외조카 돌볼 능력도 없고, 이제 제 알 바 아닙니다. 오늘부터 저를 찾아와서 제 체면 깎지 말아주시고, 저 같은 형제는 없다고 생각하십시오!"

홍선경은 말을 끝내고 일어나자마자 고개 한 번 돌리지 않고 꼿꼿하게 머리를 들고 나가버렸다. 홍 씨는 의자에서 꼼짝하지 않고, 그대로 얼어붙은 것처럼 정신이 아찔해졌다. 이보는 손수건으로 얼굴을 가리고 계속 흐느껴 울었다. 박재와 아교는 선경이 나가고 한 참 뒤에 중간문 뒤에서 나왔다. 박재는 멀뚱히 서서 시중을 들며 달래보았지만 소용없었다. 아교가 놀라며 말했다.

"나는 누군가 했더니 홍 나리셨군요. 어떻게 이렇게까지!"

홍 씨는 아교에게 대문을 잠그게 하고 이보를 불렀다.

"이 층으로 올라가자."

박재는 뒤따라 함께 올라가서 전처럼 서생, 수영과 나란히 앉았다. 수영이 먼저 홍 씨에게 물었다.

"돌아가실 거예요?"

"돌아가기는 해야지. 외삼촌 말도 맞아, 그런데 쉽지 않네."

이보가 울음 섞인 목소리로 소리쳤다.

"어머니는 외삼촌이 옳다는 거예요? 외삼촌은 우리를 원망만 하고, 돈 이야기가 나오니까 계산도 안 해주고 가버렸잖아요!"

박재도 끼어들었다.

"외삼촌은 말씀도 이상하게 하시네. 누이가 이렇게 같이 있는데, 누구에게 속았다고 하시는지! 어떻게 속았다는 거야?"

서생이 냉소를 지었다.

"제가 이런 말을 해서는 안 되지만, 당신네 외삼촌, 정말이지 어떻게 이럴 수 있어요! 제 친구들도 어려울 때면 기꺼이 변통을 마다하지 않고 해주는데, 당신 외삼촌이라는 분은 한 푼도 계산해주지 않고, 이런 외삼촌이라면 몰라도 괜찮아요."

모두들 한참 각자 생각을 이야기하다가 더 이상 아무 말도 꺼내지 않았다. 서생은 다시 이보를 달래고 홍 씨를 위로해주었다. 그러고는 박재를 위해 일거리를 찾아보겠다며 인사를 하고 나갔다. 수영은 그를 붙잡아 둘 수 없어 대신 당부의 말을 했다.

"나중에 여기로 와서 저녁 드세요."

서생은 그러겠다고 대답을 하고 아래층으로 내려가 문을 나섰다. 두 집을 지나치는데, 갑자기 어디선가 아주 교태로운 목소리로 '시 도련님' 하고 부르는 소리가 들렸다. 서생이 고개를 들어보니 원삼보가 이 층 창가에서 부르며 손짓을 하고 있었다.

"잠깐 앉았다 가세요."

서생은 한동안 삼보를 만나지 못했는데, 뜻밖에 이렇게 풍만해진 모습을 보자 차를 마시며 세심하게 품평이나 해볼까 하는 생각이 들었다. 그런데 우연찮게 또 다른 손님 둘이 앞에서 오더니, 원삼보의 집으로 들어가 이 층으로 올라갔다. 그래서 서생은 걸음을 멈추었다. 원삼보 역시 더 이상 부르지 않고 돌아서며 그 둘을 맞이했다.

원삼보는 전자강 한사람만 알고 있었다. 그래서 함께 온 손님에게 이름을 물어보니 고 씨라고 했다. 차와 아편, 수박씨를 차례대로 올리고 자리에 앉아 이야기를 나눌 때가 되자 전자강이 고 씨에게 '아백 형' 하고 불렀다. 삼보는 경극 〈송친연례(送親演禮)〉[2]가 떠올라 자기도 모르게 웃음이 나왔다. 자강이 그 까닭을 물어보아도 삼보는 입을 가리고 웃기만 했다. 그러나 고아백(高亞白)은 별 관심을 두지 않았다.

잠시 후, 고아백과 전자강이 일어나자 원삼보는 계단까지 그들을 배웅했다. 두 사람은 나란히 천천히 걸으며 산보하듯 청화방을 빠져 나갔다. 사마로를 돌아 호중천 식당 앞을 지나가는데, 전자강이 그곳 서양요리를 사겠다고 하여 아백은 승낙을 하고 들어가서 적당한 크기의 방을 골라잡았다. 종업원이 먹과 붓을 올렸다. 자강은 잠깐 생각하고 나서 말했다.

"친구 한 명을 초대해서 자네와 함께하게 해야겠네."

그리고 초대장을 쓰고 종업원에게 건네주었다. 아백이 그 초대장을 보니 '방봉호(方蓬壺)'라고 쓰여 있었다.

"봉호조수(蓬壺釣叟) 말인가?"

"맞아. 자네가 어떻게 알아?"

"아니, 그가 시 쓰는 것을 좋아하기 때문에 신문에서 종종 그의 이름을 보았지."

잠시 후, 종업원이 알려주러 들어왔다.

"초대한 손님이 오셨습니다."

자강이 이번에는 기녀를 초대하는 국표를 쓰려고 아백에게 물었다.

"누구를 불러?"

아백이 눈살을 찌푸리며 대답했다.

"아무나 부르게."

"설마 상해의 그 많은 기녀들 중에 마음에 드는 기녀가 한 명도 없다는 거야? 자네는 어떤 기녀를 원하나?"

"나도 몰라. 그런데 기녀들에게 '유한정정(幽嫻貞靜)'[3] 이 네 글자는 소용이 없을 것 같군 그래. 어쩌면 왕부인의 임하풍(林下風)[4]과 탁문군의 풍류방탄(風流放誕)[5]에는 근접하겠지."

자강이 웃었다.

"자네 이렇게 까다로우면 상해에서는 안 통해! 나도 자네 말을 이해 못하겠네."

아백도 웃었다.

"자네가 왜 이해하려고 해?"

이때 봉호가 도착했다. 아백은 흰 수염을 점잖게 기른 그의 얼굴과 그가 방포를 입고 붉은 신발을 신은 것을 보고 거동이 속되지 않다고 생각했다. 봉호는 아백에게 이름을 묻고 그가 고아백이라는 것을 알자 껄껄 웃으며 엄지손가락을 치켜세웠다.

"알고 보니, 강남의 명사이시군요! 이렇게 만나게 되어 행운입니다!"

아백은 가만히 보기만 하였다. 자강은 먼저 봉호가 부르는 기녀 상인리 조계림과 자기가 부르는 황취봉 이렇게 두 장의 국표를 썼다. 아백이 말했다.

"오늘 갔던 세 집 모두 부르게."

그래서 자강은 원삼보, 이완방, 주쌍옥 세 장을 더 썼다. 이어 요리 메뉴판을 받아서 각자가 좋아하는 음식을 몇 가지 고르고 종업원에게 건네주었다. 봉호가 웃었다.

"아백 선생은 가히 박애주의자이십니다."

자강이 말했다.

"아닙니다. 이 친구는 책을 통달하다 보니 마음에 드는 기녀가 없어서 대충 부른 겁니다."

봉호는 손뼉을 치며 흐뭇한 표정을 지으며 말했다.

"진작 말씀해주시지! 한 사람이 있어요. 분명 마음에 들 겁니다."

자강이 말했다.

"누굽니까? 불러봅시다."

"조부리의 문군옥(文君玉)이라고, 눈이 높아서 웬만한 손님들은 감히 접근도 못합니다. 아백 선생 같은 분의 품평을 기다리고 있었던 모양입니다."

이 말에 아백은 마음이 끌려 자강에게 국표 한 장을 더 쓰게 하였다.

잠시 후, 탕과 생선 요리를 먹고 나자 마지막에 부른 기녀가 먼저 도착했다. 아백은 유심히 문군옥을 살펴보았다. 나이는 스무 살 넘어 보였고 얼굴은 아편에 찌들려 아주 야위어 있었다. 어디에도 마음에 드는 곳이 없었다. 아백은 봉호가 왜 그녀를 그토록 찬양했는지 이유를 알 수 없었다. 봉호가 아백에게 말했다.

"나중에 군옥의 서재에 가보세요. 그러면 뛰어난 부분을 찾을 수 있을 겁니다. 방 한 면은 모두 책 상자이고, 또 한 면은 병풍이 네 점이나 되는데, 손님이 그녀에게 보내준 시를 표구한 겁니다. 상해 기루에 어디 그런 곳이 있겠습니까!"

아백은 그 말을 듣고 문군옥을 추천한 봉호의 의중을 알게 되어 멍하니 어찌할 바를 몰랐다. 문군옥이 말을 이었다.

"오늘 신문에 누군지 모르겠지만 시 두 수를 저에게 보내왔어요."

봉호가 말했다.

"지금 상해의 시풍은 무너졌어! 차라리 고 도련님에게 시

方家
貽笑臭味
差池

두 수를 부탁해서 자네를 선전하면 그 사람들보다 훨씬 나을 거야."

아백은 큰소리로 말했다.

"그런 말 하지 마시고, 우리 화권 놀이나 합시다!"

자강은 그 말이 떨어지자마자 손을 내밀며 아백과 겨루었다. 봉호는 혼자 단정히 앉아 머리를 흔들며 눈을 감고 계속 중얼거렸다. 아백은 그가 한창 시흥이 올라 있는 것을 알고 내버려두었다. 아백과 화권을 열 번 하는 동안 자강은 매번 지고 말았다. 그래서 자강은 봉호에게 승자 아백과 대적하라고 하려던 참이었다. 그런데 봉호는 느닷없이 껄껄 웃으며 먹과 붓을 가져와 한 번 휘갈겨 써 내려가더니 아백에게 두 손으로 바치며 말했다.

"이와 같은 우아한 모임에 시가 없으면 안 되죠. 보잘것없는 저의 시를 바르게 잡아주십시오."

아백이 그 종이를 받아 들고 보니 붉은색 서양 종이로, 시는 뒷면에 쓰여 있었다. 그래서 말했다.

"서양 종이였나? 정말 좋은 초대장인데, 이런 아깝게 되었군!"

그리고 아무렇게나 떨어뜨렸다. 자강은 봉호가 기분 나쁠까 봐 그 시를 집어 들고 낭송을 했다. 봉호도 탁자를 치며 박자를 맞추었다. 아백은 더 이상 참을 수 없어서 자강에게 말했다.

"자네가 나에게 술을 산다고 했는데, 여기서 마신 술을 자네에게 돌려줘야겠네."

자강이 한 번 웃고는 멋쩍게 말했다.

"다시 화권 열 번 하세."

"좋아."

이번에는 아백이 졌다. 기녀들이 계속 모여들면서 서로 대신 술을 마시다 보니 아백 자신은 정작 마시지 못했다. 문군옥은 한 잔만 대신 마시고 먼저 갔다.

봉호는 아백이 문군옥에게 마음이 없는 것을 알아채고 자강과 의논했다.

"우리 두 사람이 마음에 드는 상대를 찾아줘야 하는데 말이야. 안 그랬다간 그의 재능을 버리고 말겠어."

"자네가 대신 찾아줘, 이 중매는 내가 못해."

황취봉이 끼어들며 말했다.

"우리 집에 새로 온 제금화가 어때요?"

자강이 말했다.

"제금화는 내가 봐도 예쁘지 않은데, 그와 상대가 되겠어!"

아백이 말했다.

"우선 자네 말이 틀렸네. 내 마음에 들고 안 들고는 외모와는 상관없네."

"그러면 우리 함께 보러 가는 것도 괜찮겠네."

요리를 다 먹고 나서 모두 커피를 마셨다. 그리고 기녀와 손님 모두 함께 자리에서 일어났다. 봉호는 조계림과 약속이 있어 아백, 자강과 함께 상인리로 들어간 후 헤어졌다. 봉호는 조계림의 집으로 가고, 고아백과 전자강은 황취봉의 집으로 갔다. 황취봉이 아직 돌아오지 않아서 황주봉과 황금봉이 모두 나와 시중을 들었다. 자강이 소아보에게 제금화(諸金花)를 불러오라고 했다. 소아보는 그 명을 듣고 아래층으로 내려갔다.

자강이 먼저 제금화가 이곳에 오게 된 이유를 아백에게 설명해주었다.

"제금화는 취봉의 아주머니 제삼저가 산 기녀야. 제삼저가 낳은 딸은 제십전인데, 이 씨라는 손님과 사귀고 있어. 그 손님에게 삼백 원을 빌려 제금화를 샀대. 최근 이곳에 왔는데, 이번 명절을 지나고 나면 요이의 집으로 보낸다고 해."

아직 말이 끝나기도 전에 제금화가 올라와 수박씨를 올리고 한쪽으로 물러나 앉았다. 아백은 그녀의 눈썹 사이가 음탕하고 천한 상인 것을 보고 과연 요이급의 인물이라고 생각했다. 게다가 접대도 할 줄 몰라 한참을 가만히 말없이 앉아 있었다. 아백은 오래 앉아 있지 않고 일어나며 작별을 고했다. 자강이 함께 나가려고 하는데, 황금봉이 황급히 붙잡으며 말했다.

"형부, 가지 마세요! 언니에게 야단 들어요."

자강은 하는 수 없이 고아백을 먼저 보냈다. 금봉은 자강을 탑상으로 청하며 직접 꼬챙이로 자강의 아편에 불을 붙여주었다. 자강은 아편을 피우면서 금봉과 이야기를 나누었다. 서너 번을 피우자, 가마 멈추는 소리가 아래층 응접실 앞에서 들려왔다. 전자강은 황취봉이 집으로 돌아온 것이라고 짐작했다.

취봉은 방으로 들어와 외출복을 갈아입고, 은으로 된 물담뱃대를 들고 창가의 교의에 앉아 한마디도 하지 않고 가만히 있었다. 영리한 금봉은 황주봉을 끌고 건넛방으로 건너갔다. 제금화만 여전히 멍한 표정을 하고 마치 나무 인형처럼 혼자 우두커니 앉아 있었다.

---

1 南腿 : 중국 남쪽 지방에서 만들어 먹는 햄. 운남성과 절강성의 금화부(金華府) 것이 특히 유명하다.

2 〈송친연례(送親演禮)〉는 혼례 과정에서 일어나는 재미있는 일화를 다룬 일종의 희극이다. 극 중 딸의 어머니 진씨는 시골사람으로, 격식에 맞춰 혼례를 치르고자 주례를 초대하였으나 혼례 용어를 잘못 알아듣고 엉뚱한 장면들을 연출한다. 주례가 "거저(擧箸, 젓가락을 드시오)"라고 하자 거주(擧住, 들고 있으시오)"라고 오해하고 젓가락을 허공에 들고 있어서 주례가 차마 보고 있지 못해 사투리로 "타아파고(打牙巴鼓(骨), 이를 부딪치다, 즉 음식을 먹자라는 의미를 지닌 사투리)"라고 외치자 식사를 했다는 사건이 담긴 장면이다. 이 대목에서는 '아백가(亞白哥, 아백 형)'는 '아파고(牙巴鼓)'와 음이 비슷해서 원삼보가 웃었던 것이다.

3 그윽함, 우아, 곧음, 고요함.

4 왕부인은 진(晉)의 사현(謝玄)의 누이로 세설신어(世說新語)의 현원(賢媛)에서 '우아하고 고상한(林下) 분위기가 있다.'는 평을 받았다.

5 문학적 재능을 지니고 있으면서 예법의 구속을 받지 않고 자유롭게 행동한다는 뜻이다.

32

제금화는 본때로 가죽 채찍을 맞고,
주쌍옥은 사랑의 증표로 손수건을 남기다

諸金花效法受皮鞭 周雙玉定情遺手帕

황취봉은 전자강에게 긴히 할 이야기가 있는데 한쪽에 죽치고 있는 제금화를 어쩌지 못해 제금화가 밉상스럽기 그지없었다. 취봉은 눈을 부라리고 그녀를 한참 째려보다 자기도 모르게 웃음이 나왔다.

"너 여기서 뭐하고 있니?"

"전 도련님께서 올라오라고 하셨거든요."

그제야 어떤 상황인지 알고 난 취봉은 한숨부터 나왔다.

"전 도련님께서 너를 불러 올린 것은 네 중매를 서려고 하신 거잖아. 몰랐니?"

금화는 약간 놀라서 멍한 표정으로 말했다.

"전 도련님께서는 그런 말씀 하지 않으셨어요."

취봉이 냉소를 지었다.

"잘났어!"

자강은 손사래를 치며 말했다.

"너무 뭐라고 하지 마라. 애초 고아백의 성격으로는 내가 안 맞는다고 했잖아. 하긴 잠시 앉지도 않았으니, 저 애도 접대할 방법이 없었겠지."

취봉은 고개를 다른 곳으로 돌렸다.

"만약 내가 사 온 애가 이렇게 했다간 모가지를 비틀어 뒤지게 했을 거예요!"

자강은 부드럽게 말했다.

"자네가 하나씩 가르쳐줘. 이제 처음 나와서 일은 해본 적이 없는데, 당연히 못하지."

취봉은 코웃음을 치며 말했다.

"우리 아주머니가 때려서 불쌍하다가도, 맞아도 말귀를 못 알아들으니 화가 나겠죠?"

금화가 얼른 대답했다.

"언니가 한 말 모두 기억하고 있어요. 천천히 배우면 되지 않겠어요?"

취봉은 되레 웃으며 물었다.

"뭘 배우겠다는 건데?"

금화는 말문이 막혀 아무 말을 못하고, 자강 역시 싱긋 웃었다. 취봉은 물담배를 두어 모금 빨아 당기고 천천히 자강에게 말했다.

"이 애는 타고나기를 천하기 짝이 없어요. 맞아야 겁을 내고 그나마 아부를 하니. 부딪치기라도 하면 꼭 한소리를 해야 겨우 움직여요!"

취봉은 이 말을 하고 금화에게 화살을 돌렸다.

"잘 들어. 이런 식으로 하면 흠씬 두들겨 맞을 줄 알아!"

금화는 소리 죽여 울며 아무 말도 하지 못했다. 취봉은 조금 불쌍한 마음이 들어 한숨을 쉬며 말했다.

"네가 이렇게 팔려 온 것도 운이 좋은 셈이야. 우리 엄마를 만났다간, 너도 봐 봐! 주봉은 너보다 영리해도 두들겨 맞는 건 말할 것도 없고, 전족한 발가락 중에 세 개나 잘려나갔어!"

금화는 한마디도 대꾸하지 못했다. 취봉은 다시 물담배를 피웠다. 잠시 후, 또다시 자강에게 말했다.

"따지고 보면 기생어미가 기녀를 사 왔으니 기녀가 일을 해야 먹고 살죠. 우리가 일을 잘 못해봐요, 기생어미들은 그냥 굶어죽어요? 그러니까 때리는 거죠. 난 그나마 일을 잘하니, 때리기야 하겠어요? 오히려 내 비위를 맞춰야지요. 꼭 이렇게 멍청한 기녀는 기생어미를 위해서 일을 하면서도 기생어미에게 얻어맞아요. 왜 그렇게 싸게 구는지 도무지 이해가 안 돼요."

그때, 아래층에서 가마 한 대가 들어오는 소리가 들려왔다.

그리고 바로 남자 하인이 아뢰었다.

"나 나리께서 오셨습니다."

황금봉은 일찌감치 계단으로 가서 그를 맞이했다.

"형부, 여기로 오셔요."

나자부는 건넛방으로 갔다. 이쪽 전자강은 바로 일어나 가려고 하였다. 황취봉은 그를 붙잡으며 제금화에게 소리쳤다.

"건너가 잘 모셔!"

금화가 나가자 자강이 조용히 취봉에게 물었다.

"엄마에게 말 안 했어?"

"아직요. 지금 말했다가 괜히 어색해지면 안 좋으니까 명절 지나고 다시 생각해봐야죠. 당신은 이 일에 나서지 말아요. 제가 이야기할 거예요. 나 씨가 몸값을 내고, 당신은 옷이며 장신구, 가구를 마련해주면 돼요."

자강은 그러겠다고 대답을 하고 나갔다. 취봉은 그를 배웅하지 않고 물담뱃대를 내려놓으며 주렴 너머로 큰 소리로 불렀다.

"건너오셔요."

그러자 금봉은 나자부의 손을 잡고, 주봉은 그 뒤를 따르고, 소아보는 찻잔과 벗어놓은 옷을 가지고 다 같이 방으로 들어왔다. 제금화만 아래층으로 내려가서 황이저와 함께 있었다. 괘종시계가 열 시를 알리자 자부는 내일 아침에 일이 있다며 조금 일찍 돌아가 자야겠다고 황취봉에게 말했다.

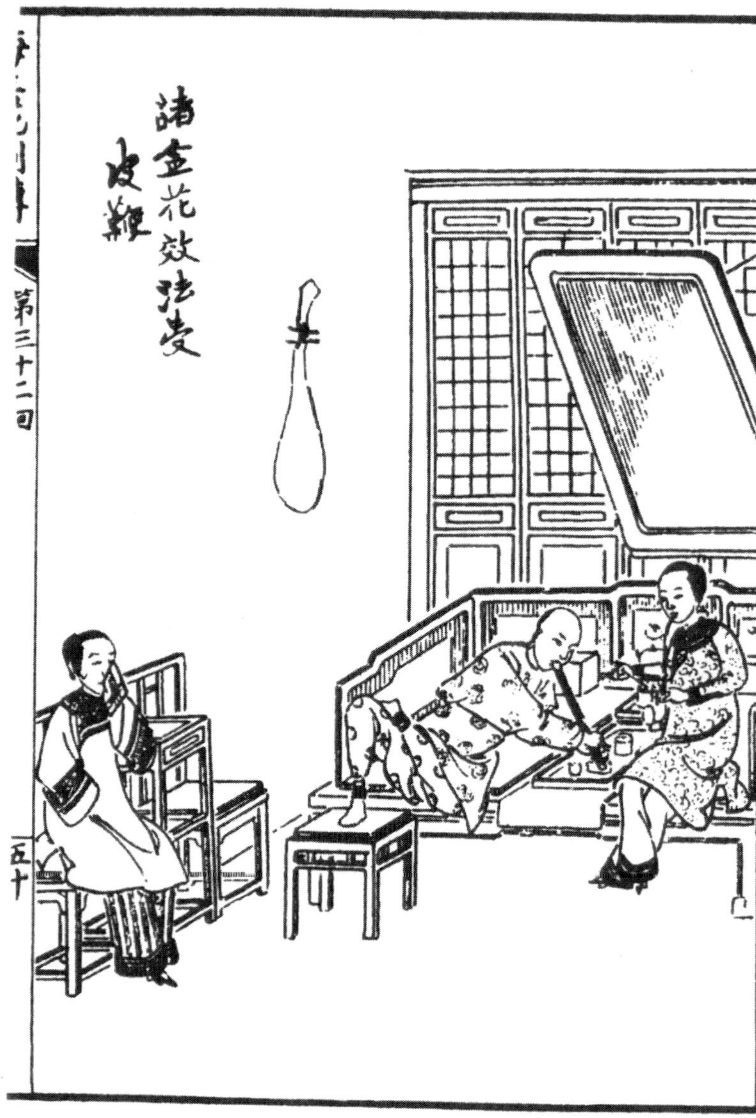
諸金花效法受
皮鞭
第三十二回
五十

"그럼 여기서 일찍 주무셔요. 당신에게 할 말도 있으니 돌아가지 말아요."

자부는 순순히 그녀의 말을 따르며 고승과 가마꾼을 돌려보냈다. 취봉은 조가모를 불러 방을 정리하고 자부의 잠자리를 보게 했다. 조가모와 금봉, 주봉, 소아보가 차례로 나갔다. 취봉은 외출이 없을 거라고 예상하고 잠자리에 들었다. 이불 속에서 자부와 머리를 맞대고 귓속말로 한참 밀담을 나누었다. 자세하게 설명하진 않겠다.

다음 날 고승은 어느 고관 댁 잔치가 열리는 취풍원에 주인이 가야 한다는 것을 알고 일찌감치 가마꾼을 대령하고 기다리고 있었다. 자부는 일어나자마자 가마를 타고 취풍원으로 갔다. 벌써 손님들이 자리에 빼곡하게 앉아 있고 화려한 등불이 문에 걸려 있었다.

잔치가 끝나자 자부는 도운보, 도옥보, 주애인, 주숙인 두 집안의 형제들과 함께 취풍원에서 나와 가마를 타지 않고 천천히 걸었다. 그들은 길에서 우연히 홍선경을 만나 인사를 하고 이야기를 나누었다. 그러다 주애인은 갑자기 한 가지 일이 떠올랐다. 일전에 선경이 동생 주숙인을 주쌍주의 집으로 데리고 가서 함께 차를 마셨다는 이야기를 탕소암에게서 들었던 터였다. 그는 동생 숙인이 나이도 어린데 방탕해지면 통제하기 어려울 것을 걱정하여 동생을 한번 시험해보려고 마음먹었다. 그래서 홍선경에게 말했다.

"요사이 자네 애인을 본 적이 없는데, 함께 보러 가지 않겠나?"

선경도 그 뜻을 알아채고 흔쾌히 안내하려고 했다. 도운보가 말했다.

"난 안 가겠네. 이렇게 많은 사람들이 우르르 가면 뭐라고 생각하겠어?"

주애인이 말했다.

"나도 생각이 있는 사람이니, 괜찮네."

홍선경은 나자부, 도 씨와 주 씨 형제 모두 여섯 명을 이끌고 공양리 주쌍주의 집으로 갔다. 쌍주는 이렇게 많은 사람들이 오는 이유를 모른 체 그들을 맞이하며 자리로 청했다. 그리고 주쌍옥을 불러들였다. 주애인은 쌍옥을 보자 숙인에게 말했다.

"네가 두 번이나 불렀는데도 아직 술자리를 마련하지 않았다고 들었다. 오늘 마침 친구들이 여기에 모두 모였으니 내가 너를 대신해서 술자리를 마련할 생각이야."

주숙인은 대답을 하자니 그렇고 안 하기도 뭐해서 한참 망설이는 사이 자기도 모르게 얼굴이 발개졌다. 나자부는 아주 즐거워하며 말했다.

"좋아, 좋아."

그리고 그는 여자 하인 교건을 재촉했다.

"빨리 불러와."

숙인이 다급해져 벌떡 일어나 교건을 말리며 말했다.

"우리 차라리 식당으로 가서 불러요."

자부가 소리쳤다.

"식당에서는 안 마셔, 여기가 좋아."

자부는 다짜고짜 교건에게 가보라고 하면서 소리쳤다.

"지금 바로 술자리 마련하도록 해."

도운보는 주애인에게 말했다.

"자네같이 나이든 형이야 좋겠지. 숙인이 자네처럼 놀 줄 모르는 게 아쉬워. 우리 옥보가 자네 동생이라면 함께 놀 때 훌륭한 상대가 될 텐데 말이야."

도옥보는 자기 이야기까지 나오자 조금 멋쩍어졌다. 주애인이 정색을 하며 말했다.

"우리는 조계지에서 살고 있으니까 차라리 놀게 해줘야 해. 어릴 때부터 익숙하면 특별할 것도 없잖아. 계속 서재에만 있는 게 규범을 잘 지키는 것처럼 보여도, 일단 나가게 되면 한 번 노는 걸로는 만족을 못하게 돼. 그렇게 됐다 하면 곤란해."

홍선경이 그 말을 이었다.

"자네 말이 맞네. 그렇지만 사람마다 달라. 숙인은 걱정하지 않아도 돼. 놀기 좋아하는 사람이라면 모를까. 어쨌든 노는 건 안 되지."

이 말에 주숙인은 더 이상 앉아 있지 못하고 일부러 벽에 걸린 그림을 보는 체하며 한쪽에 붙어 서서 벽을 바라보았다. 주쌍옥도 방 밖으로 나갔다. 그러자 주쌍주가 웃으며 말했다.

"저 두 사람은 성격도 비슷해요. 한마디 안 해도 속으로는 다 생각들을 하고 있거든요."

모두들 이 말에 껄껄 한바탕 크게 웃었다.

술자리가 다 차려지자 아금이 와서 자리를 청했다. 모두들 건넛방 주쌍옥의 방으로 가서 바로 기녀를 부르는 국표를 보내고 물수건을 올리라고 하였다. 자리는 양보랄 것도 없이 다들 편히 앉았다. 주숙인은 주인이면서도 술도 요리도 권하지 않고 두 손을 모으고 고개를 숙이고 조용히 앉아 있었다. 주쌍옥도 옆에서 겨우 한마디 했다.

"드세요."

모두들 술잔을 들며 고마움을 표하자 숙인은 또 부끄러워 대답을 못했다. 아덕보가 첫 번째 상어 지느러미 요리를 올리자 모두 한 젓가락씩 맛을 보았지만 숙인만 젓가락을 움직이지 않았다. 나자부가 웃었다.

"자네가 주인인데 손님을 청해야지. 손님이 자네를 청해야 겠나!"

나자부는 상아 젓가락을 들며 숙인에게 말했다.

"드십시오. 드시지요."

그러자 숙인은 더욱 부끄러워 고개를 돌렸다. 주애인이 말했다.

"자네가 말할수록 더 멋쩍어하니까 차라리 내버려둬."

그제야 주숙인은 더 이상 신경 쓰지 않아도 되었고 다행히 주쌍주가 대신 접대해주니 전혀 무료하지 않았다.

잠시 후, 황취봉, 임소분, 담여연, 이수방이 차례로 모여들었다. 나자부는 먼저 선을 깔았다. 손님과 주인 모두 여섯 명이었지만 흥은 무르익었다. 주숙인은 그 틈을 타 흘깃 주쌍옥을 쳐다보았다. 주쌍옥도 조용히 앉아 있다가 소매 속에서 붉은 빛이 도는 검은색의 숙라 손수건을 꺼내고 있었다. 숙인은 화권 놀이로 술자리가 시끌벅적한 틈을 타서 몰래 손을 뻗어 그녀의 손수건을 잡아당기려고 하였다. 쌍옥은 눈치를 채고 얼른 손수건을 소매 속으로 넣어버리고 아무렇지도 않은 듯 가만히 있었다. 숙인은 하는 수 없이 자신의 허리에 차고 있던 원숭이 모양 비취 부채손잡이 장식을 풀어 슬며시 쌍옥의 가슴 쪽으로 내밀었다. 숙인은 쌍옥이 받을 거라고 생각하고 손을 놓았는데 쌍옥이 손을 움츠리며 받지 않는 바람에 그만 그 원숭이가 떼굴떼굴 바닥으로 떨어지고 말았다. 주쌍주는 그 소리를 듣고 물었다.

"뭐가 떨어졌나?"

그녀는 교건에게 탁자 아래를 찾아보라고 하였다. 숙인은 깜짝 놀라서 직접 주우려고 했는데, 뜻밖에도 쌍옥이 한쪽 발로 그것을 밟고 있어 바짓가랑이에 가려 있었다. 그래서 그는 시치미를 떼며 '아무것도 아닙니다.'라고 하고 술병을 교건에게 주며 술을 더 담아 오라고 했다. 그리하여 별일없이 지나갈 수 있게 되었다.

마침 숙인이 선을 깔 차례가 되자, 나자부가 손을 뻗어 한 수 배울 태세를 하고 있었다. 숙인은 황급히 화권에 응했지만 연속으로 다섯 번을 지고 말았다. 숙인이 술잔을 들려고 하는데 갑자기 주쌍주가 큰 소리로 불렀다.

"쌍옥아, 와서 대신 마셔야지."

숙인이 고개를 돌려보니 주쌍옥은 자리에 없고 바닥에 있던 비취 원숭이도 어디로 갔는지 사라지고 없었다. 숙인은 그제야 마음을 놓았다. 교건이 마침 술병을 들고 방으로 들어오다 대신 두 잔을 마시고 나서 쌍옥을 부르러 갔다. 쌍옥은 술을 대신 마시고도 여전히 조용히 앉아 있었다. 숙인은 또 그녀를 훔쳐보았다. 쌍옥은 소매 속에서 또 다른 연녹색 숙라 손수건을 반쯤 꺼내 들고 있었다. 숙인은 그 뜻을 알아차리고 슬그머니 손을 뻗어 손수건을 잡아당겼다. 쌍옥은 넋을 놓고 화권을 구경하느라고 전혀 알아채지 못했다. 결국에 숙인은 그 손수건을 가슴 속에 넣으며 아주 기뻐했다. 마음은 술자리에서 당장 빠져나가 그 손수건을 감상하고 싶었지만 다른 사람이 의심할까 잠시 참고 기다렸다.

나자부는 흥이 최고조로 올라서 자기가 선을 깐 후에 모든 사람에게도 선을 깔아야 한다고 부추겼다. 마침내 도옥보는 취기를 이기지 못하고 이수방과 함께 먼저 가고, 임소분과 담여연도 차례로 작별인사를 하고 나갔다. 황취봉이 앞으로 나와 나자부가 더 이상 소란 피우지 않도록 잔을 치우고 나서야 간신히 술자리가 끝이 났다. 황취봉은 나자부를 재촉하여 함께 돌아갔다. 주애인과 도운보는 탑상에 마주 보고 누워 아편을 피우며 한담을 나누고, 홍선경은 주쌍주의 방으로 건너갔다. 혼자 남은 주숙인은 방을 빠져나와 가슴 속에서 그 손수건을 꺼내 한 번 흔들어보았다. 짙은 향기가 코를 쏘는 것 같아서 세심하게 맡아보았으나 어떤 향기도 없었다. 들여다보니 그 손수건은 요즘 유행하는 연녹색 숙라로, 쌍옥이 직접 수놓은 건지 알 수 없지만 가장자리 주위에 진녹색의 톱니 문양이 수놓아져 있었다. 앞뒤로 뒤집어보며 멍하니 생각하다 말고 손수건을 접어 주머니 속에 넣고 돌아서는데, 주쌍옥이 중간 문 뒤에서 몰래 훔쳐보며 웃고 있었다. 숙인은 부끄러워서 어쩔 줄 몰라 했다. 쌍옥이 고갯짓으로 그를 부르자 숙인은 너무 기쁜 나머지 쪼르르 다가갔다. 그런데 쌍옥은 오히려 불쾌한 듯한 표정으로 중얼거렸다.

"당신은 여기를 뻔히 알고 있으면서 왜 여러 사람들과 함께 왔어요?"

숙인은 작은 소리로 웃으면서 말했다.

"그러면 며칠 후에 나 혼자 올게."

"당신 일이 많으신가 봐요? 얼마나 바쁘시면 며칠 후에 오겠다고 하셔요."

숙인은 용서를 빌며 말했다.

"잘못 말했어, 내일 올게, 내일 꼭 올게!"

周斐玉定情遺
手帕

쌍옥은 그제야 더 이상 토를 달지 않았다. 숙인도 방으로 돌아갔다.

주애인과 도운보가 두어 번 아편을 피우고 나자 벌써 등불이 켜졌다. 주애인과 도운보는 홍선경을 부르고, 주숙인과 약속을 하고 함께 나섰다. 주쌍주와 주쌍옥은 나란히 계단까지 손님들을 배웅해주었다.

쌍주가 자기 방으로 돌아가는데 쌍옥도 그 뒤를 따라 들어갔다. 쌍주는 그녀의 의중을 모르고 탑상에 마주하고 앉았다. 쌍옥은 부끄러운 듯 웃으며 그 비취 원숭이를 꺼내어 언니에게 보여주었다. 쌍주가 보니 원숭이의 몸통은 비취이고 머리는 양지백옥이었다. 가슴 쪽에 복숭아 하나를 들고 있는데, 그 복숭아도 비취였다. 검은 별 같은 두 점은 정교하게 조각한 눈으로, 비록 희귀한 보석은 아니지만 그 가격이 결코 낮지 않음을 짐작할 수 있었다. 그래서 쌍옥에게 물었다.

"다섯째 도련님이 줬어?"

쌍옥은 대답은 하지 않고 고개만 끄덕였다. 쌍주가 웃었다.

"네게 준 증표이니 잘 간직해둬."

쌍옥이 살짝 걱정 어린 얼굴로 '언니' 하고 불렀다.

"홍 나리께는 말하지 말아요."

"왜?"

"그 사람 집에 이를 거잖아요."

"왜 일러?"

쌍옥은 중얼거리며 말을 하지 못했다. 쌍주는 손가락 두 개를 들어 두 시를 표시하며[1] 웃었다.

"너 정말 아무것도 모르는구나! 다섯째 도련님을 이제 막 사귀게 되었는데, 홍 나리께 알려서 무슨 일이든 부탁을 해야지. 만약 다섯째 도련님이 오지 않으면 홍 나리께 부탁하면 좋지 않아? 그런데 왜 숨기려고 그래?"

"그러면 언니가 홍 나리께 말 잘해줄 거죠?"

쌍주가 정색을 했다.

"물론 그것도 좋아. 하지만 다섯째 도련님 이야기라면 네가 모두 말해줘야 내가 대신 말해줄 수 있어."

"도련님은 다른 말은 없고 내일 온다고만 했어요."

쌍주는 아무 말 하지 않고 가만히 있었다.

쌍옥은 그 비취 원숭이를 들고 다시 들뜬 기분으로 엄마에게 보여주려고 아래층 주란의 방으로 갔다. 주란은 탑상에 누워 아편을 피우며 눈을 감고 아편에 취해 있었다. 주쌍보는 침대 앞쪽에 올라앉아 아편을 태우고 있었다. 쌍옥은 방해하고 싶지 않아 나가려고 했다. 뜻밖에 주란은 아직 잠이 들지 않아 눈을 뜨며 불러 세우며 물었다.

"무슨 일이야?"

쌍옥은 쌍보가 옆에 있어서 떳떳하게 비취 원숭이를 보여주지 못하고 얼버무리고 넘어갔다. 주란은 쌍옥이 또 쌍보의 잘못을 말하려는 줄 알고 쌍보를 방에서 내보냈다. 쌍보가 나가자 쌍옥은 주란에게 가까이 다가가 주란의 다리에 기대어 그 비취 원숭이를 건네주었다. 주란은 손바닥에 올려놓고 침이 마를 정도로 감탄했다.

쌍옥은 기분이 한껏 좋아져서 주숙인의 상황을 이야기해주려고 하였다. 그러던 순간 갑자기 계단을 올라가는 쌍보의 발자국 소리가 들려왔다. 쌍옥은 황급히 그것을 챙기며 주란에게 인사하고 살금살금 이 층으로 따라 올라갔다. 쌍보가 쌍주의 방으로 들어가고 쌍옥은 주렴 가까이 붙어 서서 몰래 엿들었다. 쌍보가 울먹이며 말하는 소리가 들려왔다.

"내가 전생의 원수를 만났어요! 일전에 한바탕 난리를 쳤으면서 지금 또 내 욕을 하고 있어요. 난 정말 제 명에 못 살 거예요!"

"네 욕 하는 게 아니야."

"아니긴요! 그런데 왜 나보고 나가라고 해요?"

쌍옥은 여기까지 듣고 있다가 활활 타오르는 석탄처럼 화가 치밀어 올랐다. 주렴을 걷어 올리며 꼿꼿한 자세로 들어가 벽 쪽 교의에 앉으며 화를 냈다.

"내가 엄마한테 하는 말도 너에게 허락을 받아야 돼? 좋아, 지금부터 엄마 방에는 절대 가지 않을게! 됐어?"

쌍주는 언쟁을 듣는 것도 지겨워서 미간을 찌푸리며 그들을 꾸짖었다.

"뭐가 그렇게 중요하다고 그래!"

쌍주는 쌍보를 내보내고 쌍옥의 화를 진정시켰다. 쌍옥은 언니가 이렇게까지 하는 것을 보고 참았다.

저녁을 먹고 나서 모두들 술자리에 나간다고 바쁘게 움직였다. 열 시쯤 되자 쌍주가 먼저 돌아왔다. 홍선경은 거나하게 취해서 그 뒤를 따라 들어왔다. 쌍주는 아금에게 우전차를 진하게 끓이라고 하여 선경의 갈증을 풀어주고 홍선경과 이런저런 이야기를 나누었다. 주숙인과 쌍옥의 이야기가 나오자 쌍주는 피식 웃고 나서 말을 시작했다.

"요즘은 어린 기녀가 우리보다 단수가 높아요. 당신도 함께 있었는데 눈치 못 챘어요?"

선경이 그 까닭을 물었다. 쌍주는 숙인이 비취 부채 장식을 쌍옥에게 준 사실을 자세하게 말해주었다. 선경이 말했다.

"쌍옥도 수완이 대단하구나. 그러면 숙인더러 화촉을 밝히라면 되겠네."

"그러면 좋죠. 당신이 중매 서줘요."

"중매는 자네가 서고, 나는 옆에서 자네를 거들겠네."

쌍주가 승낙했다. 계획은 이미 정해졌으니 하룻밤 일은 이야기하지 않겠다.

다음 날 정오, 선경과 쌍주는 동시에 일어나 세수를 하고 간단하게 요기를 했다. 아금이 초대장 하나를 올렸다. 선경이 보니 왕연생이 보낸 것으로 장혜정의 집에서 상의할 일이 있다는 것이었다. 선경이 말을 전했다.

"알았다."

선경이 나서려고 하니 쌍주가 당부를 했다.

"나중에 오세요."

"그때는 숙인이 올 텐데 그러면 내가 어색하니까 차라리 오지 않는 게 나아."

쌍주도 같은 생각이었다.

선경은 주쌍주의 집을 나서며 공양리를 빠져나왔다. 동안리를 지나 동합흥리 장혜정의 집으로 갔다. 이 층으로 올라가 방에 들어갔다. 장혜정은 헝클어진 머리를 한 채로 왕연생에게 아편을 태워주고 있었다. 연생은 선경을 맞이하고 아주머니에게 요리를 주문하라고 했다. 선경이 자리에 앉았다. 연생은 목록 한 장을 주며 선경에게 사 달라고 부탁했다. 선경이 목록을 펼쳐보니 비취 머리장신구 한 벌이 하나하나 자세히 적혀 있고, 모두 녹색을 원한다고 적혀 있었다.

"비취라면 자네와 함께 가서 사는 게 좋겠어. 아무리 못 해도 백 원은 족히 되고, 좋은 물건에다 전부 녹색으로 한다면 아마도 천 원은 나갈 거야."

혜정이 끼어들었다.

"천 원도 모자라죠. 계산해봐요. 몇백 원짜리 팔찌도 흔하잖아요."

선경이 혜정에게 물었다.

"자네가 사려는 거야?"

그러자 혜정은 웃기 시작했다.

“홍 나리, 농담하셔요! 제가 살 자격이 되나요? 금 장신구도 아직 다 갖추지 못했는데, 비취가 가당키나 하나요?”

선경은 심소홍에게 사주는 것이라고 짐작했다.

혜정은 응접실 창가로 가서 머리를 빗고 연생은 탑상에 누워 아편을 피웠다. 선경은 아래쪽으로 옮겨 앉으며 연생에게 물었다.

“올해만 해도 심소홍에게 얼마나 많이 썼는데, 또 비취 머리 장신구를 사주려고 하는 건가?”

연생은 미간을 찌푸리며 아무 말 하지 않았다. 선경이 말했다.

“솔직히 소홍에게 발길을 끊어도 괜찮아.”

연생이 한숨을 쉬며 말했다.

“자네가 먼저 두어 개 사주고 나서 다시 말하세.”

선경은 더 이상 충고하지 않고 상황을 봐가며 조용히 있는 게 상책이라고 생각했다.

잠시 후, 아주머니가 취풍원에 주문한 네 가지 고기 요리와 데운 술을 차려 가지고 올라왔다. 연생은 선경과 마주 앉아 잔을 기울였다. (4권에 계속)

---

1 고개가 두 시 방향으로 기울어져 있다는 것으로, 바보의 형상이 고개를 기울이고 있는 모습에서 바보를 뜻한다.

지은이 **한방경(韓邦慶, 1856~1894)**

송강부 누현(松江府 婁縣, 지금의 상하이)에서 출생하였으며, 부친 한종문(韓宗文, 1819~?)이 형부주사(刑部主事) 직책을 맡게 되어 유년시절을 베이징에서 보냈다. 1876년 전후 고향 누현으로 돌아와 수재(秀才)가 되었으나, 이후 1885년 난징 향시에 낙방하였다. 1887년부터 1890년까지 『신보』에서 편집자 및 논설 기고자로 생활하였다. 1891년 베이징 향시에 낙방한 후 다시 상하이로 돌아와 1892년 2월에 중국 최초 문예 잡지 『해상기서』를 간행하여 『해상화열전』을 연재하였다. 1894년 초봄 64회 석인본 『해상화열전』을 출판한 후 오래지 않아 병을 얻어 39세의 나이로 세상을 떠났다.

옮긴이 **김영옥**

부산대학교 중어중문학과에서 「『해상화열전』 연구」로 박사학위를 취득하였다. 인제대, 동의대, 동아대학교 등에서 시간강사를 역임하였으며, 현재 부산대학교 중어중문학과 조교로 재직하고 있다. 논문으로 「영화 〈해상화〉와 소설 『해상화열전』의 서사구조 비교」, 「한방경 단편소설의 근대적 불교서사 탐색-「환희불」을 중심으로」 등이 있다.

:: 산지니 · 해피북미디어가 펴낸 큰글씨책 ::

문학

해상화열전(전6권) 한방경 지음 · 김영옥 옮김
유산(전2권) 박정선 장편소설
신불산(전2권) 안재성 지음
나의 아버지 박판수(전2권) 안재성 지음
나는 장성택입니다(전2권) 정광모 소설집
우리들, 킴(전2권) 황은덕 소설집
거기서, 도란도란(전2권) 이상섭 팩션집
*2018 이주홍문학상 선정도서

폭식광대 권리 소설집
생각하는 사람들(전2권) 정영선 장편소설
삼겹살(전2권) 정형남 장편소설
1980(전2권) 노재열 장편소설
물의 시간(전2권) 정영선 장편소설
나는 나(전2권) 가네코 후미코 옥중수기
토스쿠(전2권) 정광모 장편소설
*2016 세종도서 문학나눔 선정도서

가을의 유머 박정선 장편소설
붉은 등, 닫힌 문, 출구 없음(전2권)
김비 장편소설

편지 정태규 창작집
*2015 세종도서 문학나눔 선정도서

진경산수 정형남 소설집
노루똥 정형남 소설집
유마도(전2권) 강남주 장편소설
*2018 대한출판문화협회 청소년도서

레드 아일랜드(전2권) 김유철 장편소설
화염의 탑(전2권)
후루카와 가오루 지음 | 조정민 옮김

감꽃 떨어질 때(전2권) 정형남 장편소설
*2014 세종도서 문학나눔 선정도서

칼춤(전2권) 김춘복 장편소설

목화-소설 문익점(전2권) 표성흠 장편소설
*2014 세종도서 문학나눔 선정도서

번개와 천둥(전2권) 이규정 장편소설
*2015 부산문화재단 우수도서

밤의 눈(전2권) 조갑상 장편소설
*제28회 만해문학상 수상작

사할린(전5권) 이규정 현장취재 장편소설
테하차피의 달 조갑상 소설집
*2011 이주홍문학상 수상도서

무위능력 김종목 시조집
*2016 부산문화재단 올해의 문학 선정도서

금정산을 보냈다 최영철 시집
*2015 원북원부산 선정도서

인문

효 사상과 불교 도웅스님 지음
지역에서 행복하게 출판하기 강수걸 외 지음
재미있는 사찰이야기 한정갑 지음
귀농, 참 좋다 장병윤 지음
당당한 안녕-죽음을 배우다 이기숙 지음
모녀5세대 이기숙 지음
한 권으로 읽는 중국문화
공봉진 · 이강인 · 조윤경 지음
*2010 문화체육관광부 우수학술도서

차의 책 The Book of Tea
오카쿠라 텐신 지음 | 정천구 옮김

불교(佛敎)와 마음 황정원 지음
논어, 그 일상의 정치(전5권) 정천구 지음
중용, 어울림의 길(전3권) 정천구 지음
맹자, 시대를 찌르다(전5권) 정천구 지음
한비자, 난세의 통치학(전5권) 정천구 지음
대학, 정치를 배우다(전4권) 정천구 지음